PATRICK SANSANO

JOURNAL 2019

L'ANNEE EMMA MARRONE

6 janvier

Images des gilets jaunes qui tournent en boucle sur les chaînes de télévision avec leur cortège de violence hebdomadaire.

Ma fille n'a pu venir pendant les vacances de Noël en raison d'une panne automobile.

Cette année commence bien mal, sur fond de crise sociétale. Je me serai passé de ce « nouveau Mai 68 ». A chaque fois que l'aiguille de mon témoin de carburant baisse, je refais le plein. Par exemple s'il me manque un quart du plein d'essence, de peur de pénurie.

Hier, j'ai eu au téléphone une camarade de collège de l'année 1973-74 (et peut-être aussi 72-73), Sylviane D. qui m'a appris la mort de Mireille V.

Mireille avait mon âge et vient de mourir d'un cancer du pancréas. Ce n'était pas une camarade de collège, mais une collègue de travail de ma mère. Depuis plus de quinze ans, elle me demandait, via Internet, des nouvelles de ma mère pour ensuite ne pas réagir.

Je pensais qu'un jour, elle demanderait des nouvelles de maman quand elle aurait quitté ce monde, et c'est elle qui est partie prématurément.

J'ignorais que Sylviane et Mireille se connaissaient, Montélimar il est vrai n'est pas grand.

J'ai eu des nouvelles d'anciens camarades de collège par Sylviane.
Le temps a passé très vite, et nous avons tous les deux soixante ans.

9 janvier

Cette nuit, j'ai fait des cauchemars, mais les deux nuits précédentes, j'ai rêvé à Muriel, un peu comme si elle venait de l'au-delà me conforter. « Mes nuits sont plus belles que mes jours ». Je sens que Muriel Baptiste va retrouver la place qu'elle avait dans ma vie, et qui s'est amoindrie depuis que je connais David à l'automne 2015.

Muriel essaie de me faire passer un message, de dépasser mes préjugés : elle a vécu entre 1979 et 1981 avec un homme plus jeune que moi, « cougar » avant l'heure, mais la personne s'est trouvée au bon endroit au bon moment. Au fond, je savais bien que Muriel avait une vie privée, des amants, ce que je n'ai pas admis, moi qui pensait que notre différence d'âge la rendait inaccessible, est qu'elle soit tombée amoureuse d'un homme plus jeune que moi.

Je sais qu'au fond de mon cœur, j'aime toujours autant Muriel.

C'est aujourd'hui l'anniversaire de Lara Fabian qui a 49 ans. Dix de moins que moi.

14 janvier

Un week-end tranquille, au chaud, sans sortir. J'en ai profité pour mettre un peu d'ordre et écouter les trois premiers 33 tours d'Alain Chamfort. C'est un chanteur que j'adorais jusqu'à « Bambou » en 1981.

Ma mère ne connaissait pas « Le temps qui court ». Il existe deux autres 33 tours de cette première partie de carrière, encore en rapport avec le style variétés. « Rock'n rose » et « Poses ». Ce dernier avec l'incontournable « Manureva ».

Wikipédia considère que le premier album Flèche est une compilation de 45 tours, à la différence de Chamfort. J'ai bien regardé, quand il a sorti son neuvième album, il l'a appelé « 9 », et il compte bien le premier sans titre de 1973 qui comporte « Je pense à elle, elle pense à moi » et « L'amour en France ». Bien entendu, loin de moi de considérer le second 33t Flèche, « Le disque d'or d'Alain Chamfort » comme un deuxième album. L'artiste devait en faire un, mais a enregistré contre le gré de son producteur Claude François fin 75 « Le temps qui court », ce qui a occasionné la rupture.

« Mariage à l'essai », qui est encore un album sans titre, est paru chez CBS et reste dans la lignée de sa production Flèche. Il était cependant indispensable de faire paraître une compilation pour les chansons sorties en 1974-75, « Adieu mon bébé chanteur », « Le temps qui court », « Madonna, Madonna », et « La musique du Samedi » (ainsi que leurs faces B).

Aujourd'hui, Chamfort va avoir 70 ans et il y a des lustres que ses créations ne m'intéressent plus.

23 janvier

Je n'ai jamais si mal commencé une année, il me semble que tout va mal : la santé de ma mère, la vie quotidienne, les relations avec ma fille, mes angoisses. Je dors mal et me réveille souvent avec la boule au ventre. Il n'y a pas eu grand-chose ce mois de janvier à relater. Aucune disparition d'artistes comme les autres années (Delpech, France Gall, Bowie, Prince…). Chaque samedi, les gilets jaunes remettent le couvert. J'avais mis un message sur Facebook (où j'ai 5000 amis) disant que je n'allais pas bien, et je n'ai pas eu de réaction, à part René T., un syndicaliste que je connais depuis 1990 et qui m'a téléphoné avant-hier lundi 21 pour ne me parler que de la perte de mon mandat syndical. Il souhaite que l'on se voit au printemps, enfin, il a dit « quand il fera moins froid ». Il habite Lyon. Je sais que ce sont des invitations en l'air et que l'on ne se verra pas.

J'arrive à un moment de ma vie où je n'ai plus de projets. C'est bien là le problème. David doit m'appeler vendredi,

J'ai reçu aujourd'hui trois photos inédites de Muriel Baptiste. Je vais lui faire comprendre avec délicatesse qu'elle n'a plus pour moi l'importance qu'elle avait avant, encore que cette nuit, j'ai rêvé à elle, un rêve embrouillé où il était aussi question des premiers « James Bond », notamment de George Lazenby qui fut une seule fois 007 dans « Au service secret de Sa Majesté », avec Diana Rigg, en 1969. J'adore ces films, du moins jusqu'à l'arrivée de la nouvelle version en 2006 avec Daniel Craig, mais ne les regarde plus, je les connais par cœur.

Le 23 janvier 1974, j'étais le soir au cinéma avec ma mère et découvrais le premier James Bond avec Roger Moore, « Vivre et laisser mourir », qui allait énormément me marquer. Quarante cinq années ont passé depuis ce soir-là. Une éternité. Quarante-cinq années aussi depuis le début 1974 qui marqua les dernières apparitions télévisées de Muriel Baptiste. Il y a des gens qui ne vivent pas autant d'années.

Pourtant, je me souviens comme si c'était hier de ce temps là. Et même davantage de 1972-73, époque où Muriel était omniprésente.

La CGT parle aujourd'hui d'une grève générale illimitée, j'espère encore une fois que cela ne m'empêchera pas d'aller voir le 26 février le concert d'Emma Marrone à Milan. Je suis déjà privé du concert d'Eros Ramazzotti en mars à Lyon, c'est complet, et Lara Fabian fait deux dates à Paris en mars, et n'annonce aucune tournée en province.

Mon journal 2018 a pris du retard pour être édité, je me suis trompé et en fait tirer un seul exemplaire non référencé, c'est réparé.

J'ai eu des nouvelles de Claire, ma fille, ce matin, sur Facebook. Notre dernier contact (par téléphone) mercredi dernier avait été tendu.

Ma mère a des problèmes lorsqu'elle est couchée et doit porter (sans doute à vie) des talonnières. J'ai été obligé de me disputer avec la pharmacie pour en avoir deux, car ma mère a des irritations aux deux pieds.

J'espère que cette année va mieux se poursuivre qu'elle a commencé.

26 janvier

David m'a fait peur hier au téléphone, il n'a plus de nouvelles de Khadija depuis octobre, elle était partie au Maroc pour vingt jours une de ses sœurs étant atteinte d'un cancer. Il a laissé trois messages sur son répondeur, et ne veut pas la harceler, il ne la recontactera pas si elle ne le fait pas, or elle seule peut renouveler la concession de Muriel Baptiste à Pantin en 2025.

Avec la disparition de Michel Legrand, c'est la première mort médiatique du monde artistique de 2019. Il avait atteint un âge respectable, 86 ans. Tout le monde n'y arrive pas. J'aime de lui la musique de « L'affaire Thomas Crown », j'en possède la version chantée par Marcel Amont « Les moulins de mon cœur », et aussi « Un été 42 ». Sinon, je n'étais pas fan de ses compositions, j'ai la musique de son James Bond « Jamais plus jamais », remake réalisé en marge de la production officielle, où il n'avait pu utiliser le fameux « James Bond theme », et produit une partition ennuyeuse, qui est d'ailleurs sorti des années après le film qui date de 1983.

Je me suis régalé aujourd'hui en écoutant des musiques afro-américaines, pas vraiment du jazz mais de l'afro-beat, du funk, de la soul, des musiques africaines funky que les islamistes doivent vouer aux gémonies. Cela m'a donné le moral, c'est une musique sans prise de tête. Les musiques africaines doivent en rebuter plus d'un au premier abord, en fait, il s'agit de funk et de sonorités occidentales.

2 février (matin)

Ma fille doit venir me voir aujourd'hui. La ville de Valence est sous tension avec une manifestation de gilets jaunes et de casseurs. Elle a désactivé son compte Facebook, ce qui ne va pas faciliter les échanges. J'espère comme elle le dit que c'est provisoire.

Elle doit m'amener mon cadeau de Noël, une télévision écran plat. J'espère qu'elle va pouvoir passer les barrages.

Au fil des ans, sur Internet, je perds des images, ainsi celles du plus grand disquaire du monde, Amoeba. Il semble en fait qu'il y en ait trois, de véritables cathédrales où je pourrais passer des journées à fureter dans les bacs de millions de CD et de vinyles : San Francisco, Hollywood et Bekerley. On peut commander aussi par correspondance, ils ont un site Internet.

Mes deux ordinateurs portables sont saturés de vidéos, d'images, de fichiers. Tout cela a un goût d'éphémère qui me déplaît.

J'ai eu beau chercher hier sur des cd de sauvegarde des années 2000, je n'ai pas retrouvé les images de ce magasin, ou ces magasins, mais on en trouve de plus récentes sur la toile.

3 février

Nous avons passé ma mère et moi une excellente soirée avec ma fille et mes petits enfants. J'ai un peu angoissé au moment de la transition télé cathodique vers l'écran plat, mais j'ai retrouvé toutes les fonctions (Chaîne du câble comme la RAI, lecture de DVD que j'ai enregistrés et de ceux du commerce), avec un énorme plus, la possibilité de lire des clés USB.

C'est un écran plat Brandt dont l'image est superbe, facile d'accès au niveau des fonctions, c'est mon petit-fils Lucas qui a tout branché et résolu les dysfonctionnements. Par exemple mes DVD enregistrés que l'on n'arrivait pas à lire.

Ce matin, le seul défaut que je constate est le son qui est nasillard malgré tous les réglages faits, mais c'est un défaut habituel de cet appareil si je consulte les avis sur Internet.

Sur mon blog actrices, j'ai mis 76 photos de Jennifer Love Hewitt, que j'avais un peu perdue de vue après m'être intéressé à elle à la fin des années 90 avec la série « La vie à cinq » et surtout les deux films d'horreur « Souviens-toi l'été dernier ».

C'est vraiment une fille craquante, qui est devenue au fil des ans de plus en plus sexys à la façon d'une Megan Fox, Anne Hathaway, Gillian Anderson ou Monica Keena. De

2005 à 2010, elle a tourné une série fantastique de cinq saisons et 107 épisodes, « Ghost Whisperer », et plus récemment, une série assez coquine, « The Client list » (2012-2013) qui ne comporte que 25 épisodes et dans laquelle elle joue une masseuse qui est en fait une prostituée. Je n'ai jamais regardé « Ghost Whisperer » et ne connaissais pas jusqu'à hier l'existence de l'autre série.

J'ai trouvé ma fille très affectueuse hier soir. Je me fais souvent de fausses idées sur elle, et du souci pour rien. Tout va donc très bien de ce côté-là.

Les enfants d'aujourd'hui sont surdoués en ce qui concerne les télévisions et autres appareils comme les téléphones portables (ces derniers n'existaient pas à mon époque).

Valence a été assez épargnée des violences par les casseurs et gilets jaunes hier.

6 février

Avec le fils du concierge, j'ai été en catastrophe acheter un nouveau téléviseur à Conforama. Il n'était pas possible de corriger le son sur celui offert par ma fille.

10 février

Le voyage en Italie s'approche. Il me tarde qu'il soit passé. Je n'aime pas m'éloigner de chez moi trois jours en laissant derrière moi ma mère si âgée.

J'ai regardé la première saison de « The Client list » qui comporte dix épisodes.
Mercredi, j'ai dû acheter un autre téléviseur, sur celui de ma fille, il n'y avait aucun moyen de régler les basses et les aigus, le son étant le point faible de ce téléviseur. J'ai à présent un LG. Cela m'a préoccupé toute la semaine car il s'est révélé difficile à régler.

Hier, David m'a téléphoné durant quatre heures. Est-ce suite à cela mais j'ai rêvé de Muriel Baptiste cette nuit.

Bien qu'elle ait été vaccinée, maman semble avoir attrapé la grippe.

Je vais chez ma fille mercredi.

Chaque samedi, les gilets jaunes provoquent le chaos avec des casseurs en prime, mais cela fait treize semaines que cela dure, et personne ne semble s'en émouvoir autant que moi.

Je ne suis pas prêt de remettre les pieds à Paris.

Je crois que j'aurais pris la décision d'arrêter d'écrire ce *journal* s'il n'y avait le concert d'Emma Marrone à Milan le 26 février.

Je viens de me rendre compte que cette année, j'ai raté le festival de San Remo, il s'est terminé hier. C'est la première fois que cela se produit.

Lara Fabian fait un concert à Lyon à l'Amphithéâtre et j'ai réservé deux billets, j'irai avec Philippe, elle donne un concert le mercredi 18 mars 2020.

Cela me semble loin, très loin.

Viviers, 13 février

Je me suis rendu chez ma fille, mais mon petit-fils Lucas avait rendez-vous au docteur à 17h00 comme la dernière fois, j'ai donc dû repartir à 16h30, alors qu'il faisait encore jour (bien que froid).

Toutefois, ma fille a été très présente, ainsi que Lucas et Lohan. Pas de séance ciné mais Claire à mon retour m'a envoyé un sms : « Tu as passé une bonne aprèm ? C'est sympa aussi de rester tous ensemble ».

Nous avons repris la vision de « Harry Potter à l'école des sorciers » commencée la dernière fois, et vu la moitié de « Harry Potter et la chambre des secrets ».

La prochaine fois, normalement le 13 mars, Claire m'a promis qu'elle décalerait le docteur afin que je puisse emmener Lucas au cinéma.

Valence, 16 février

Que de tracas, des disputes au bureau que je ne vais pas relater ici. Des soucis pour le voyage à Milan.

J'ai revu sur C8 Patrick Sabatier, absent depuis 2016 et la fin de son émission « Le mot de passe » (France 2) dans un remake du « Jeu de la vérité », qui s'intitule « Vendredi vérité, 60 minutes chrono ». Patrick Sabatier a pris un coup de vieux en trois ans, son visage s'est empâté. Il recevait hier Patrick Poivre d'Arvor. Le format de l'émission (60 minutes) me semble trop court, « Le jeu de la vérité » durait bien 1h30 ou 2h00.

Avec d'anciens Télé Poche et Télé 7 jours, je continue mon blog Muriel Baptiste, retraçant l'année 1974. Il s'agit de la période où la carrière de Muriel prend fin. Quand je vois le nombre de sites ou blogs Internet qui disparaissent au fil des ans, je me dis que la toile a un parfum éphémère qui me déplaît. Mais j'ai infiniment plus de lecteurs par un blog qu'un livre à compte d'auteur. Il faut dire que Muriel Baptiste n'intéresse plus grand monde en 2019.

Je dois avouer mon énorme déception à l'écoute du nouvel album de Lara Fabian « Papillon », qui à la différence de « Ma vie dans la tienne » (2015) ne comporte aucune mélodie convaincante. Lara a repris l'équipe de son album anglais de 2017 « Camouflage », au lieu du duo gagnant de « Ma vie dans la tienne », David Gategno et Elodie Hesme. Avec « Papillon », c'est de l'électro-pop, et plus de la variété. « Camouflage » a été écrit par le tandem Moh Denebi et Sharon Vaughn. Il a été repris pour « Papillon » et ce n'est vraiment pas une réussite. En voulant « faire moderne », Lara a repris une équipe qui perd, puisque « Camouflage » s'est écoulé à moins de 10 000 exemplaires.

22 février

Préparation du voyage à Milan pour voir le concert d'Emma. La liste des chansons est impressionnante et je pourrai entendre tous les titres que j'aime interprétés par la belle italienne. C'est l'évènement festif de 2019 pour moi.

Ma mère a eu la grippe ces jours-ci (ou une forme atténuée) ce qui ne pouvait plus mal tomber, avant ce départ de trois jours. J'espère que ce concert d'Emma ne sera pas le dernier. Je doute qu'elle n'en fasse jamais en France. Rêvons peut-être qu'un jour à Paris, pour le public italien. Mais c'est sans certitude.

23 février

J'apprends avec tristesse qu'aux Césars, hier, on a annoncé la mort de France Dougnac qui avait arrêté sa carrière en 1988. Elle était née en 1951 et serait morte le 4 juillet 2018 à 66 ans. Dans les années 70, elle avait multiplié les rôles de vedette de feuilletons, prenant un peu la place de Muriel Baptiste. Je me dis que si Internet avait été développé en 1995, j'aurais appris la mort de Muriel en son temps.

Avec elle disparaît encore une des petites fiancées des téléspectateurs de l'ORTF, comme l'on désignait Paloma Matta, Muriel Baptiste, Yolande Folliot, Christine Delaroche. France Dougnac avait commencé une carrière au cinéma à la fin des années 70, tournant notamment « Coup de tête » avec Patrick Dewaere, et avait déclaré dans le magazine « Première » à propos de l'échec de son parcours au 7e art : « J'ai eu un enfant au moment où il ne fallait pas ».

Elle n'est pas morte dans la misère, elle était devenue l'épouse du réalisateur Louis-Pascal Couvelaire et vivait avec lui à Corbon dans le Perche au manoir de la Vove.

L'autre jour, à « Télé-matin » sur France 2, il était dit que l'espérance de vie des français a augmenté, mais elle se limite à 62 ans pour la bonne santé. A l'heure où j'écris, il est trop tôt pour dire de quoi est morte France, mais je crains bien de savoir que c'est d'une saleté de maladie à laquelle nous sommes tous exposés.

J'ai préparé mes affaires pour le concert à Milan. Mercredi soir, ce sera un souvenir. Je n'aime pas voyager, et il faut vraiment que ce soit pour Emma que je fasse le déplacement.

Je n'étais pas ainsi jadis, quand en 1980 je m'envolais pour Rome en avion, mais ce temps-là est révolu. J'aime rester chez moi dans un confort douillet. Il faut dire que le monde a bien changé.

Kylie Minogue en DVD offert par mon ami Philippe sur ma nouvelle télévision est bien plus agréable à regarder que les gilets jaunes qui remettent cela encore une fois. Ce matin, les chaînes focalisaient sur le président Macron au salon de l'agriculture, mais cela n'a pas duré.

Pour l'occasion, je constate que mon appareil DVD grince et qu'il va sans doute falloir à terme le changer. J'ai bien essayé de brancher le lecteur graveur DVD externe dont je me sers sur l'ordinateur tant sur la prise USB du téléviseur que du DVD recorder, cela n'a pas fonctionné. Dommage, j'aurais pu ainsi regarder en toute tranquillité mes DVD.

Assago, près de Milan (Italie), 25 février

J'ai passé une mauvaise nuit pour une chose que je n'arrive décidemment pas à assumer, mon éviction du poste de délégué syndical à la CGT. C'est absurde d'y penser encore.

Me voici arrivé à Milan pour assister le lendemain au concert d'Emma Marrone. Dans ma chambre d'hôtel, il y a la télévision, et il est question d'elle. J'écoute avec attention. Emma a déclaré par rapport à la politique migratoire du gouvernement populiste de Matteo Salvini « Aprite i porti » (« Ouvrez les portes »).

Massimiliano Galli, conseiller communal du parti de Baldini « La ligue » (ex « Ligue du Nord ») de l'Ombrie (région bordant la Toscane) lui a rétorqué : « Tu ferais bien d'ouvrir tes cuisses en te faisant payer par exemple ». Immédiatement, la sanction est tombée : le parti populiste a exclu cet homme pour propos sexiste.

Dans ma chambre, je regarde une émission où une actrice que je ne connais pas, Jasmine Trinca, (qui tourne depuis 2001 et a 29 films à son actif, information que j'ai trouvée à postériori sur Internet), est présente sur le plateau pour s'indigner de l'attaque contre Emma. Un politicien de la ligue lui répond que 80% des fans de la chanteuse habitent en banlieue et sont confrontés aux immigrés, tandis que les artistes vivent dans un monde doré. Jasmine répond que les politiciens aussi vivent dans un monde doré.

Le soir, une émission d'une des sept chaînes italiennes à ma disposition (je n'ai pas retenue laquelle) reçoit

Matteo Salvini dans l'émission « Quarta republicca » (quatrième république), il devait s'agir de la chaîne Rete Quattro. Peu importe. Salvini revient sur l'incident en disant qu'il se désolidarise du goujat et qu'il est expulsé du parti.

Salvini a affaire à un présentateur à sa botte et le public constitue ce que l'on appelle « une claque » (des personnes payées pour applaudir, en fait des partisans).

Salvini par ses réponses au quart de tour me fait penser au showman Emmanuel Macron. Sur les autres chaînes, il est question du résultat des élections régionales en Sardaigne et partout on parle de l'effondrement du mouvement cinq étoiles de Beppe Grillo, désormais dirigé par Luigi Di Maio.

On demande à Salvini comment il va maintenir sa politique en qualité de dirigeant de la Ligue, sans l'allié « Cinq étoiles ». Des bandes d'information défilent sur plusieurs chaînes de la télévision italienne annonçant comme un scoop l'effondrement du mouvement cinq étoiles.

Je me suis finalement couché fort tard en regardant ces émissions politiques. Au départ, c'était pour Emma, mais finalement, ces débats politiques m'ont passionné.

J'avoue que je ne suis pas rassuré d'être si loin de ma mère âgée que je laisse seule pour trois jours. Philippe, qui m'a rendu fan de Kylie Minogue, l'est devenu grâce à moi d'Emma, et s'est décidé à venir au concert, il me rejoint demain. Je vais découvrir en concert cette merveilleuse chanteuse que j'aime depuis le festival de San Remo qu'elle a gagné en 2012.

Jusqu'à l'arrivée à l'hôtel, j'étais fatigué et pensais avoir fait une folie en venant à ce concert. Puis, j'ai retrouvé le moral. Emma y est pour beaucoup.

26 février

Je crois que je n'aurais pas rédigé de *Journal 2019* s'il n'y avait pas eu ce concert d'Emma Marrone, car il faut bien le dire, je n'avais pas grand-chose à dire en 2018. Et je pensais arrêter l'écriture et la publication de ces livres commencés en 2015.

C'est en effet l'évènement de l'année pour moi. Philippe arrive vers 14h15 et le soir, nous nous rendons au Mediolanum Forum, une salle immense. Ce quartier n'a rien à voir avec ce que je craignais, une banlieue dangereuse du genre de Pantin. C'est un quartier d'affaires, par contre, il n'y a pas de commerces ou de restaurants, et je me suis calfeutré dans l'hôtel, qui sert des petits déjeuners copieux et des « en cas ». Il n'y a pas un véritable restaurant.

Le concert commence peu après 21h00, et plus qu'un spectacle, j'ai l'impression de vivre un rêve éveillé.

Emma est là, certes un peu trop loin, elle descend dans la fosse parmi ses fans, mais je n'ai plus l'âge de tenir des heures debout et j'ai préféré un siège. Je suis bien placé mais heureusement qu'il y a les écrans géants. Le concert comporte trois parties, à chacune, Emma se change en ombre chinoise sur le haut du décor appelé « Exit ».

Emma chante tous les titres qui me plaisent, de « L'isola » à « Non è l'inferno », de « Cercavo amore » à « Amami », et le concert dure 2h15. C'est un émerveillement que je comparerai, et ce n'est pas à rien, à la possibilité (que je n'aurais jamais) de voir Muriel Baptiste au théâtre. Emma est devenue pour moi plus qu'une chanteuse favorite. En 2012, je la considérais comme un Eros Ramazzotti en jupons, à présent, elle s'est faite femme, au zénith de sa splendeur. Elle est née le 25 mai 1984, elle aura donc dans quelques mois 35 ans. Je la trouve très sexy, mais aussi j'aime la femme derrière l'artiste, d'un attachement profond. Et puis l'artiste, que j'ai failli perdre de vue en 2015 quand elle a sorti son quatrième album studio « Adesso » qui changeait la donne et me déroutait à sa sortie, tournant le dos à la variété et prenant le virage de la pop. Emma aujourd'hui est ma chanteuse préférée, même si elle n'est pas compositrice. Pour moi, elle a surpassé des compositeurs comme Umberto Tozzi et Eros Ramazzotti que j'ai toujours aimé. Emma a quelque chose de plus, elle n'a écrit que quelques chansons, composé quelques musiques, peu importe, elle sait choisir ses auteurs et me comble.

Elle se montre durant le concert une excellente guitariste. Ce n'est pas une poupée sexy qui se trémousse, même si je n'ai pas mes yeux dans ma poche, mais une véritable artiste. Elle me fait sortir de la morosité, me rend heureux, me redonne le moral. Je l'aime.

Dès que le concert a commencé, je me suis dit que j'espérais que ce ne serait pas le dernier. Avec Philippe, nous avons acheté des objets au stand de merchandising, pas assez fourni à notre goût. Mais nous revenons avec des T shirt, magnet, bandeaux (que nous avons d'abord pris pour des écharpes), un petit coussin, un poster (la photo de l'album « Adesso »), seul bémol, la sonorisation est peut-être un peu trop forte, bien que la puissante voix d'Emma domine les amplificateurs.

Ce concert du 26 février 2019 attendu depuis des mois, craint par le déplacement qu'il impliquait, et les frais, s'avère une réussite totale, et je sors du concert comblé. Sans le savoir au moment où j'écrivais ces mots, j'étais à ce moment-là sans doute plus heureux qu'Emma. Elle a eu un malaise d'après-concert, que je relate le jour suivant lorsque j'en ai pris connaissance.

Les trois parties du concert, avec trois tenues différentes, m'ont enchanté, j'avoue une faiblesse pour la minijupe de la première partie. Je parle là de son aspect physique, car tout le concert était un régal. Dans la seconde, elle portait une veste il me semble. La troisième partie m'évoquait Brigitte Bardot chantant Harley Davidson pour la tenue bottes et veste de cuir.

Les lumières se sont éteintes sur la scène, la musique a débuté et dans le forum d'Assago résonnent de façon invraisemblable de fortes percussions. C'est Emma en personne qui fait vibrer les tambours, un peu cachée par ses musiciens avant de prendre le micro et de donner vie à un « live » fait d'énergie pure.

A la lumière des récents évènements (l'affaire de l'homme politique de la ligue qui l'a insultée), ce concert s'en ressent, tant de la part de l'artiste que de ses fans.
Le rapport entre Emma et ses fans qui la soutiennent reste la clé de voûte d'un concert où Emma comme un animal blessé rugit. Emma vit et respire sa musique complètement. Durant le concert, émue et rageuse, elle ne peut se retenir. Je ne l'ai pas vu étant trop loin mais pendant la chanson « Quando le canzoni finiranno », Emma a pleuré, rapportent les fans et journalistes aujourd'hui. Emma a un talent rare, qui lui permet de montrer sur scène une fragilité choquante et étonnante. Le spectacle est long (d'ailleurs des personnes partent, sans doute parce-que nous sommes en semaine et qu'elles travaillent le lendemain, elles sont parfois accompagnées d'enfants). Elle chante 24 chansons dont trois medley ou des parenthèses où elle

chante en acoustique à la guitare. Elle parle peu (elle se contentera de présenter ses musiciens, de remercier ses collaborateurs). J'ai cru qu'elle avait marché sur un fan dans le noir en descendant parmi la foule, en réalité, la presse relate que les techniciens ont rallumé la salle pour la libérer d'un insecte sur la scène. Ce sont évidemment des choses que l'on peut voir dans la fosse et pas depuis mon siège. Est-ce mon imagination, mais planait sur ce concert l'affaire des insultes de l'homme exclu du parti de Salvini, mais c'est là mon sentiment personnel. Bien évidemment, les fans sont solidaires de leur idole.

Sur scène, Emma semble impossible à contenir, à retenir sa spontanéité.

Lors de ce concert, elle a chanté « Il paradiso non esiste » dont voici le texte original et ma traduction, elle m'a émue aussi en chantant « Quando le canzone finiranno ». Mais je peux mettre ici tous ses textes, on le comprendra.

Ha tremato la terra (La Terre a tremblé)

dopo ogni tuo passo, (après chacun de tes pas)

ti aspettavo proprio dietro la porta (Je t'attendais juste

derrière la porte)

E' così che hai imparato il coraggio, (et ainsi tu m'as

appris le courage)
è così che hai imparato da me. (C'est ainsi que tu as appris de moi)
Le parole che hai detto (les mots que tu a dit)
fanno ridere l'aria, (font rire l'air)
mentre si piegava tutto il cielo. (Tandis que se pliait le ciel entier)
E' così che ho imparato ad odiarti, (Et ainsi j'ai appris à te haïr)
è così che ho imparato da te. (Et c'est ainsi que tu as appris de moi)
Ogni cosa dormiva, (chaque chose dormait)
il tempo si trascina (le temps se traîne)
come fosse un gigante, (comme s'il était un géant)
la natura si ostina (la nature s'obstine)
come se il mio ruggito (comme si mon rugissement)
si perdesse inascoltato tra la gente. (se perdait sans avoir été écouté au milieu des gens)
Il paradiso non esiste, (le paradis n'existe pas)
esistono solo le mie braccia (seuls mes bras existent)
in questo piccolo mondo di oggi, (dans ce petit monde

d'aujourd'hui)
in questo piccolo mondo (dans ce petit monde)
un mondo infinito.(Un monde infini)
Il paradiso non esiste, (le paradis n'existe pas)
lo abbiamo lasciato a tutti gli altri (nous l'avons laissé aux autres)
mi basta il piccolo mondo di oggi, (le petit monde d'aujourd'hui me suffit)
mi basta il piccolo mondo, un mondo infinito. (mon petit monde me suffit, un monde infini)
Nella vita ho capito (dans la vie j'ai compris)
cosa voglio e chi sono, (ce que je veux et ce que je suis)
ad ognuno serve una lezione. (cela sert de leçon à chacun)
E' così che ho imparato ad amarmi (c'est de cette façon que j'ai appris à m'armer)
è così che ho imparato da me. (C'est ainsi que j'ai appris de moi)
La natura mi sfida, (la nature me défie)
il tempo si trascina (le temps se traîne)
come fosse un gigante, (comme s'il était un géant)

come fa molta gente (comme font beaucoup de gens)
come se il mio ruggito (comme si mon rugissement)
si perdesse inascoltato tra la gente. (se perdait sans avoir été écouté au milieu des gens)
Il paradiso non esiste, (le paradis n'existe pas)
esistono solo le mie braccia (seuls mes bras existent)
in questo piccolo mondo di oggi, (dans ce petit monde d'aujourd'hui)
in questo piccolo mondo, un mondo infinito. (dans ce petit monde, un monde infini)
Il paradiso non esiste, (le paradis n'existe pas)
lo abbiamo lasciato a tutti gli altri (nous l'avons laissé aux autres)
mi basta il piccolo mondo di oggi, (le petit monde d'aujourd'hui me suffit)
mi basta il piccolo mondo, un mondo infinito. (mon petit monde me suffit, un monde infini)
Ha tremato la terra (La Terre a tremblé)
dopo ogni mio passo (après chacun de mes pas)
perché trema la terra (parce que la Terre tremble)
anche solo se penso (même si je pense)

io che il cuore l'ho perso, (que le cœur je l'ai perdu)
l'ho gettato in un fosso (l'ai jeté dans un fossé)
e adesso lo desidero per te. (et maintenant, je le désire pour toi)
(j'ai déjà traduit ce qui suit)
Il paradiso non esiste,
lo abbiamo lasciato a tutti gli altri
mi basta il piccolo mondo di oggi,
mi basta il piccolo mondo, un mondo infinito.

Ma chère Emma, tu l'ignores, mais le Paradis, pour moi, c'est toi. Il y a dans tes textes quelque chose de désespéré qui me dérange. Je veux ton bonheur.

Voici ce qu'elle a chanté, pour ceux qui sont restés jusqu'au bout. A ce sujet, je me demande ce que ma voisine de droite était venue faire à ce concert, elle m'a dérangé à deux reprises pour aller chercher un verre de bière, dont je tremblais qu'elle me le renverse dessus. Que diable n'a-t-elle été dans une brasserie au lieu de venir voir la déesse chanter ?

Emma a d'abord chanté « Effetto Domino », « Le ragazze come me », « Occhi profondi », « Trattengo il fiato », « Nucleare », « Sorride lo stesso ».

Ensuite, en acoustique à la guitare, « Schiena », « Nel posto più lontano », « Coraggio », « Portami via da te ». Je sais que Philippe aime « Coraggio » et il me dit qu'elle ne l'a pas chantée. Je me fie au compte-rendu du concert paru sur le site « On stageweb.com » qui a bien aidé ma mémoire ou m'a appris des choses (l'incident de l'insecte).

La deuxième partie proposait « L'amore non mi basta », « Non è l'inferno » (dans une version au rythme plus rapide que celle du studio ou de la version live à San Remo), « Le cose che penso », « Mondiale », « Resta ancora un'po » (j'émets des réserves, je connais bien cette chanson dont le clip est interdit parce que trop suggestif, et il ne me semble pas qu'elle l'ait chantée), « Arriverà l'amore », « Calore », « Saro liberà », « Amami », « Quando le canzoni finiranno », où je n'ai pas vu les pleurs de la belle Emma que j'aurais volontiers séchés.

La troisième partie proposait « L'isola » (avec une sono trop forte), « Mi parli piano », « L'una et l'altra », « Incredibile voglia di niente », « Malelingue », « Sottovoce » que j'adore, et des versions brèves limite medley de « Cercavo amore » et « La mia città », titre que je n'aimais pas et sur lequel mon opinion devient favorable, qui lui valut une 21ᵉ place à l'eurovision 2014 et enfin « Il paradiso non esiste ».

En rappel, il me semble qu'elle n'a chanté que « Inutile canzone ».

27 février (Assago puis Valence)

De retour d'Italie, j'ai découvert sur mon téléphone portable une information inquiétante : après le concert, Emma a eu un malaise. Je me refuse à croire que c'est un coup de pub mal placé.

Emma a été filmée par terre, se tenant le cœur, épuisée. La vidéo a été publiée sur sa page Facebook. Son malaise ne dure pas. Je ne sais pourquoi elle montre cela, et s'il est vrai comme elle le dit qu'elle force trop, est épuisée, alors il ne tient qu'à elle de se ménager. Aujourd'hui, elle chante à Montichiari et le 1ᵉʳ mars à Rome.

Ménage-toi chère Emma ensuite et reviens-nous en forme. N'en fais pas trop. Je ne cherche pas en toi Johnny Hallyday ou je ne sais quel Rolling Stone. Tu dois faire avec tes moyens et la maladie t'a déjà frappée deux fois.

Le retour en France est triste avec la perspective d'un futur concert de toi dans un an ou deux.

Je m'en veux un peu suite à un incident dans le TER qui me ramène à Valence. Une femme d'une « minorité visible » est montée dans le train en fraude, un contrôleur passe, elle est avec deux jeunes jumeaux et une toute petite fille. Le premier contrôleur laisse se débrouiller une collègue féminine qui va montrer une complaisance révoltante, il ne faut visiblement pas faire d'histoires avec les maghrébins (ou français d'origine de ce lieu). La fraudeuse s'en tire sans amende, mais avec un prix majoré, supérieur à celui qu'elle aurait payé au guichet. Tandis que moi, en raison d'un changement d'équipe (assez inexplicable puisque pendant le trajet, la femme qui a fermé les yeux sur la fraude est restée tout le temps), un contrôleur me demande sèchement mon billet lorsque je lui dis que j'ai déjà été contrôlé. On se venge sur celui qu'on peut. Je ne suis pas une « minorité visible ».

Emma, me comprendrais-tu ce soir si je te racontais cela ? Me rangerais-tu avec ce porc de la ligue qui t'a insultée ? Pourtant, les faits sont là, tu as un grand cœur, mais à mon avis, tu n'es pas consciente que l'injustice et le racisme ne sont pas l'apanage d'untel ou untel. Une fois la contrôleuse partie, mais suis-je vraiment objectif, il m'a semblé que la fraudeuse se gaussait d'avoir joué un bon tour aux personnes venues la contrôler. Je revendique le droit à l'erreur, elle parlait une langue étrangère en riant avec ses enfants, alternant avec des passages en français que j'ai compris.

Je n'aurais pas cette improbable discussion avec toi, car je suis trop lâche pour te déplaire, et au fond, t'aimer m'aveugle et m'empêcherait de te dire une évidence. Je ne suis pas méchant, mais pas non plus un de ces « bobos » qui donnent dans l'angélisme d'un antiracisme de pacotille.

Je me rends compte Emma que si j'avais 12 ou 13 ans, tu aurais été ce que fut Muriel Baptiste pour moi à cette époque. Même grand-père, même à presque soixante ans, j'ai gardé en moi cette possibilité d'être émerveillé et tu m'émerveilles. Je t'aime tellement que tu m'entraînerais à sauver des migrants. Je ne leur veux pas de mal, mais enfin, comme l'a dit quelqu'un de célèbre, « On ne peut pas accueillir toute la misère du monde ». Cela dit, si la femme s'est vraiment moquée des contrôleurs, ce qui se cache derrière n'a rien de rassurant, et c'est toi ma chère Emma qui est sur ton nuage. Massimiliano Galli n'avait pas à t'insulter, et c'est sans doute une ordure, par contre Salvini a sans doute raison sur bien des choses qui te heurtent. Mais comment parler de vérité et de raison quand c'est toi que je voudrais (dans un rêve impossible) serrer dans mes bras, et non Matteo Salvini. Les hommes sont lâches Emma, et j'en fais partie, mais je le fais par amour. Je ne sais pas si c'est une excuse.

Salvini, avant-hier, dans « Quarta Repubblica » sur la chaîne Rete 4 disait qu'il condamnait sans réserves Galli, mais ce jour, il n'a pu s'empêcher d'égratiner Emma : il a déclaré dans la presse avoir préféré au concert d'Emma aller voir jouer le club de football la Lazio de Milan. Sa condamnation de Galli a des relents de mensonge pour ne pas s'aliéner les potentielles voix des fans d'Emma.

28 février

Mon ami Philippe me confirme qu'Emma a bien chanté avant-hier lors du concert « Coraggio » et « Resta ancora un'po ». Par contre, la Lazio de Milan n'existe pas. Il faut dire que je ne connais rien en football. Sur Internet, je constate que le ministre de l'intérieur italien a assisté à un match opposant dans le cadre de la coupe d'Italie les deux équipes Lazio Rome et Milan AC, qui a donné un score 0-0. C'était au stade olympique de Rome. Je le remercie de ces précisions. Le football ne m'a jamais intéressé. Concernant le concert d'Emma, bien plus important pour moi, Philippe me précise qu'Emma est allée au milieu du public en chantant « Sorrido lo stesso ». Je n'ai donc pas commis d'erreurs en relatant ce fabuleux concert.

Les chaînes italiennes semblent dramatiser la situation de Salvini suite à l'écroulement du mouvement des cinq étoiles en Sardaigne, puisque le gouvernement qu'il dirige peut obtenir une majorité en s'alliant à nouveau avec le parti de Silvio Berlusconi, « Forza Italia », de centre droit. Ce sont des choses que je ne pouvais deviner, connaissant mal le sujet. Cinq étoiles et la ligue peuvent continuer à gouverner tranquillement les autres régions d'Italie.

Ma mère avait peur pour moi car selon elle, ce sont les « fascistes » qui sont revenus au pouvoir en Italie, mais comme elle regarde beaucoup BFM-TV et France Info, elle a sans doute entendu la propagande française « bien pensante » et politiquement correcte contre l'arrivée au pouvoir des populistes, soit l'alliance du mouvement des cinq étoiles et de la ligue.
Il y avait d'ailleurs sur une chaîne italienne lundi soir un affrontement très violent entre un journaliste ou un politicien de gauche et quelqu'un de la ligue, le premier accusant l'autre de « gouvernement le plus raciste depuis longtemps ». J'ai cru que les deux hommes, qui hurlaient l'un après l'autre, allaient en venir aux mains, et d'ailleurs la présentatrice (ou le présentateur, je ne me souviens plus) a dû interrompre l'esclandre en lançant la publicité. Au retour du direct, l'homme de gauche n'était plus sur le plateau.

Donc ma mère n'est pas la seule à penser que ce sont les fascistes qui sont au pouvoir en Italie, thèse qui relève de la propagande de la gauche plus que sur la réalité.

Je ne me lancerai pas sur le terrain politique (pas plus que sportif) pour revenir à Emma. Au lieu de rêver à elle cette nuit, j'ai encore fait un cauchemar, cette-fois sur une personne avec laquelle je suis fâché, une amie de ma mère de Toulon, qu'elle a connue à Alger en 1950 (ou 1951) et avec laquelle elle s'est brouillée l'an dernier. Avec Emma, c'est dans la réalité que les rêves se transposent. Finalement, n'est-ce pas mieux ainsi ?

Philippe me confirme que selon lui le malaise d'Emma n'est pas feint, et trouve que ses chansons ont des textes souvent graves, il l'a trouvée triste dans l'émission « La mia passione » que j'ai enregistrée il y a quelque temps sur RAI 3 et tout comme moi pense que cela est du aux deux cancers de l'utérus auxquels elle a réchappée en 2009 et 2014.

Emma est comblée par son public, mais malheureuse dans sa vie privée, l'homme qu'elle aimait, un certain Stefano di Martino, l'a quittée pour une starlette, Belen Rodriguez. Emma rejoint ainsi la légende des artistes malheureux comme Dalida et tant d'autres.

Moi qui aime une vie discrète et sans histoires ne pourrait supporter une vie publique, être exposé aux critiques et à la vie publique, choses qui sont la rançon de la gloire.

Pour retrouver un peu de tranquillité, je pourrai suggérer à Emma de venir prendre des vacances en France où elle est inconnue et pourrait se promener tranquille sans être dérangée par quiconque.

1ᵉʳ mars

Tout le monde me dit que j'irradie, que j'ai l'air heureux, ne suis pas triste, et je me dis que c'est grâce à Emma. Mon ami Philippe m'a procuré une émission de plus, « Il concerto di Emma a Radio TV Italia 15 », qui propose plusieurs chansons de l'album « Essere qui » version 2018, soit quand il venait de sortir.

J'ai voulu télécharger « Adesso tour » que j'ai en DVD sur Internet pour le mettre sur une clé, et économiser mon lecteur graveur, mais l'image (piratée) n'est pas si belle que sur le DVD.

J'ai vu sur Internet que pour le concert de ce soir à Rome, des fans ont monté des tentes et font le siège depuis hier pour avoir les meilleures places dans la fosse. Hier, Emma se reposait après les concerts d'Assago et de Montichiari. C'est la dernière date de sa tournée « Essere qui tour exit edition 2019 ». Emma annonce pour moi le printemps, et c'est peut-être idiot, c'est un peu comme si Muriel Baptiste était revenue.

Je me mets même à aimer l'album « Adesso » que je n'avais guère prisé à sa sortie en 2015. Je n'ai qu'une hâte, qu'un espoir, c'est de la revoir en concert, de préférence à Turin (soit plus près de la France que Milan), mais aussi qu'elle devienne célèbre dans mon pays, après tout Laura Pausini y est bien arrivée.

Des légendes de la chanson italienne sont restées inconnues dans l'hexagone : Claudio Baglioni, Francesco Gucchini, Antonello Venditti (dont j'ai vu qu'il passe bientôt au forum d'Assago... à 69 ans, la chanson entretient la forme), Francesco De Gregori, Vasco Rossi auquel Jean-Jacques Goldman avait prédit une carrière française qui s'est limitée à une compilation en 1990), Renato Zero. Bien sûr, des français connaissent Lucio Battisti (qui ne faisait pas de concerts ni en France ni en Italie), Lucio Dalla, qui nous ont quitté tous les deux, mais j'espère qu'Emma aura la notoriété d'un Celentano ou d'un Tozzi. Et franchement, à part Eros Ramazzotti, les italiens connus en France soit Paolo Conte, Laura Pausini et Zucchero ne sont pas ce qu'il y a de mieux. Mais les légendes comme Baglioni préfèrent être les rois en Italie, voire Espagne et Amérique du Sud, qu'être la portion congrue en France, Baglioni ayant fait un bide en 1980 en sortant l'adaptation française de son 33t le plus connu « E tu come stai ? » sous le titre « Comment tu vas ? ».

Je peux comprendre que des chanteurs à texte très engagés comme De Gregori et Guccini, qui avaient en France comme concurrents les artistes de gauche ou anarchistes (Ferré, Ferrat) n'aient pas percé en France, mais l'insuccès d'un Baglioni peut dissuader Emma de tenter une carrière internationale (elle est prophète en son pays), il me reste à espérer comme me le disait le 26 février un vendeur de « merchandising » qu'elle pense à Laura Pausini, qui a connu le succès dans de nombreux pays hors Italie. La seule chose qui m'effraie est que Laura Pausini a connu le succès dès son premier tube « La solitudine » et qu'elle avait alors 19 ans, alors qu'Emma chante depuis 2010 et aura bientôt 35 ans.

J'ai lu aujourd'hui qu'Emma veut un enfant, ce qui a tant manqué à Muriel. Et le temps passe vite, d'autre part, Emma n'a peut-être aucunement l'intention de faire carrière en France quand elle voit ce que le public d'ici aime.

2 mars

Les magnétoscopes ont disparu, les DVD recorder vont suivre le même chemin, il n'y a plus que Panasonic qui en fabrique, tout cela parce que les gens regardent la télévision en replay, et qu'il n'y a plus de demande.

Dans ce siècle, tout va plus vite que la musique. Un DVD recorder a une fonction de remplacement de magnétoscope VHS qui permet de garder une émission, ce que le « replay » éphémère ne permet pas.

Voilà ce que j'ai appris ce matin en portant mon DVD recorder à faire réparer.

Fort heureusement, j'ai Emma sur clé USB que l'on peut brancher directement sur la télévision.

Emma illumine un printemps qui pour moi a commencé avant l'heure.

8 mars

Plus d'une semaine a passé depuis le concert du mardi 26 février, et je suis toujours sous le charme d'Emma. C'est la première fois dans ma vie que je réalise que je suis heureux au présent.

On trouve sur Internet (Facebook) des extraits filmés au téléphone portable du concert d'Assago, mais la qualité est vraiment mauvaise.

Pierre Perret chantait « Le bonheur, c'est toujours pour demain », en ce qui me concerne, grâce à Emma, il est au quotidien et au présent.

9 mars

Il devient incompréhensible que plus d'un an après, mon égo ne semble pas s'être remis de mon éviction du poste de délégué syndical CGT. Cette nuit, j'ai à nouveau fait un cauchemar à ce sujet, au lieu de rêver de la belle Emma. Cela devient absurde. La veille, j'ai aussi fait un cauchemar, je me trouvais à Châteauneuf du Rhône, près de Viviers, et le Rhône débordait, engloutissant mon Opel.

Pourquoi ces cauchemars alors que la vie est devenue si joyeuse depuis le concert d'Emma ?

Ce soir, je dois manger au Buffalo Grill pour rendre l'invitation à un collègue de travail, Yves.

J'ai vu sur Internet qu'Emma aurait la grippe, j'ignore si c'est vrai, auquel cas elle l'a eu juste après sa tournée. Je regarde en écrivant ce *journal* cette merveille d'Emma dans sa tournée 2016 sur ma télévision en DVD. Lors de ce concert d'il y a trois ans, elle était beaucoup moins habillée que lorsque nous l'avons vue.

Je viens auparavant de revoir avec plaisir un film qui n'a pas pris une ride, « Dernier domicile connu », avec l'excellent Lino Ventura. Un cinéma français de jadis qui n'existe plus.

Viviers, 13 mars

Ma fille m'annonce que Lucas veut aller à son activité pêche (qu'il fait depuis quelques années le mercredi) et qu'il arrive à l'âge où il n'est plus intéressé par le fait que l'on aille ensemble au cinéma.

Si pour cette-fois ci, elle se trompe, ce qui nous permet de voir un médiocre dessin animé, « La grande aventure Lego 2 », suite d'un film de 2014, je ne doute pas des dires de ma fille. Ce 21e film vu ensemble depuis le 25 mars 2015 risque fort d'être le dernier, et son frère,

Lohan, assez sauvage avec moi, n'est pas prêt de prendre la relève. Lorsque j'ai commencé à voir des films avec Lucas, il avait huit ans, Lohan en quatre.

Je suis resté manger le soir, offrant des pizzas. Je suis peut-être pessimiste, mais je n'étais pas trop à l'aise. Tout d'abord, j'ai eu toute la journée envie d'uriner (dont deux fois au cinéma !), et je ne sais vraiment pas pourquoi.

Il y a trop eu de « non dits » entre ma fille et moi, et je ne cherche plus à savoir ce qu'elle n'a pas envie de dire. J'ai dans ce domaine baissé les bras. Elle sera très surprise si un jour elle lit cela, elle s'en fâchera peut-être, mais nous n'avons pas une relation fusionnelle. Je lui ai fait remarquer ma mine resplendissante après mon séjour à Milan.

Cela fait bien quatre fois que chez elle, je regarde sur Netfix des « Harry Potter », là j'ai vu un film entier, le troisième. Les deux premiers avaient été coupés en deux visites.

Nous manquons de choses à nous dire, Claire n'aime pas les gens anxieux et à problèmes. J'évite donc de lui faire part de mes préoccupations. En ce moment, tout va bien dans ma vie, en dehors d'une convocation singulière vendredi après midi de la directrice de mon entreprise.

Valence, 14 mars

A peine arrivée, une jeune femme en contrat à durée déterminée dans mon entreprise à cet après midi été priée de faire ses bagages. Nous ignorons dans le bureau ce qui s'est passé, quelle faute grave elle a pu commettre. L'ambiance s'en est ressentie et est devenue glaciale.

La fille, d'origine maghrébine, est partie à fois bouleversée mais en maudissant l'entreprise. Je serai dans mes petits souliers demain avec la directrice.

Je n'écoute plus la radio et ses informations moroses, j'écoute en boucle le dernier album d'Emma, ce qui est bien meilleur pour le moral.

15 mars

Reçu par la directrice de mon entreprise suite à ma démission de délégué cantonal : échange aimable durant trois quart d'heures.

18 mars

Ma fille m'a souhaité la Saint Patrick avec retard, mais me l'a souhaité quand même. Nous l'avons fêté hier avec ma mère.

Il fait bien froid ce printemps, et pourtant si chaud dans mon cœur grâce à Emma.

21 mars

Visite vers 20h00 de mes deux voisines du dessus, furieuses de mes interventions auprès du syndic pour le bruit.

23 mars

J'ai passé un peu plus de deux heures avec une comédienne!
Ysabel Lopes, qui dirigeait la séance, nous a dit qu'elle avait un site internet, et je vois qu'elle n'a pas menti.
https://ysabel97.wixsite.com/ysabel-lopes

Je ne voudrais pas paraître négatif (d'autant que depuis mon séjour italien, je suis « boosté »), mais comment dire, j'étais le seul homme, il y avait dans le groupe six femmes, la plupart très jeunes, et je n'ai rien compris. D'ailleurs, dès le début j'ai réalisé que cette « sortie » était bizarre.

Cette séance hypno relaxation, c'est un mélange grosso modo de yoga, de théâtre moderne surréaliste, d'absurde, de loufoque. Il fallait « respirer avec son ventre », chose que j'ai connue en pratiquant le yoga mais jamais vraiment comprise. Pour le reste, concernant les exercices proposés, il fallait entre-autres prendre la position du fœtus et redevenir enfant, c'est à la rigueur un peu ce que j'attendais, une façon de se relaxer, de se lâcher, mais ensuite, cela relevait d'exercices de comédiens. Je n'étais pas venu pour cela.

Pour donner un exemple, il fallait que l'on construise avec nos gestes et nos voix une 'machine infernale » à sept, donc un vrai jeu de comédiens, à mi-chemin entre les Frères Jacques et Eugène Ionesco, disons que cela évoque le théâtre contemporain, où il n'y a rien à comprendre.

Actuellement, on est à moitié d'effectifs au bureau (4 sur 8), donc le week end, il me faut de la détente, il faut que je trouve des sorties OVS plus classiques, parce que si je multiplie les choix comme celui d'aujourd'hui, je vais me replier sur moi même et ne plus sortir. Là j'ai vraiment perdu mon temps et mon argent (15 euros). Ce peut être un loisir qui plaît à certains, mais comme il faut sans arrêt être très attentif à ce que dit Ysabel Lopes, puisqu'on va jouer des scénettes ensuite, c'est plus une prise de tête qu'autre chose.

La machine infernale, il fallait qu'à sept, alors qu'on ne se connaît pas, on construise par des gestes et la voix un ensemble cohérent, celui qui intervient après le premier doit trouver un enchaînement avec le précédent, pour moi, c'est du travail de comédien, et pas de la relaxation.

Après une semaine de travail, il me faut soit rester chez moi et regarder des films ou écouter de la musique, soit faire une sortie qui vaille le coup, mais avec qui et où ? Ce qu'il ne faut pas, c'est que je perde mon temps, comme je le fis parfois en allant voir des navets au cinéma.

31 mars

Le mois de mars se termine après une semaine éprouvante. Il aura fallu deux interventions pour que les appareils auditifs de ma mère soient réparés. Mercredi, j'ai pu faire un remboursement anticipé (partiel) du prêt de ma voiture. Le printemps est là, mais je suis un peu moins heureux que lors de mon concert milanais. Je ne sais pas de quoi demain sera fait. Je n'ai rien écrit cette semaine dans mon *journal*. Je m'efforce de rester optimiste. Ma recette pour donner le tonus est de regarder des clips ou émissions (concerts, interviews) d'Emma.

J'ai adhéré à une association franco-italienne qui propose des activités, elle est basée à Montélimar mais a une antenne à Valence. Au bureau, Eléonore B. qui me sait « sans copains » me propose de la rejoindre parmi un cercle de sympathisants du MODEM qui souvent se réunit dans des cafés.

J'ai eu du mal à changer l'heure sur mon Opel Meriva, il faut le faire à partir de l'ordinateur de bord. Je ne sais de quoi demain sera fait, j'espère qu'il sera agréable, comme ce séjour à Assago. J'ai vraiment besoin d'être heureux et manque de temps libre. Je ne comprendrai jamais les gens qui s'ennuient.

5 avril

J'ai du mal à prolonger l'effet Emma, pour paraphraser ton tube « Effetto Domino ». Je me débats dans une vie qui n'est pas gaie.

Il y a longtemps que je n'ai pas mis un billet de Charlélie Couture dans mon *journal*. Celui du jour sur Facebook est particulièrement intéressant.

Histoire vraie / Scénario.
Ça fait quatre ans que Maxence vit un enfer...
Maxence est prof de gym, un grand quinqua d'1,84m à qui on ne la fait plus. Il se dirige tranquille vers la retraite, il ne peut plus rien lui arriver. C'est un bon prof dans un lycée technique de la banlieue parisienne. Toujours bien noté. Il a la fois républicaine, le sens de « l'éducation pour tous ».
Il n'y a pas beaucoup de place pour faire du sport dans son secteur, le stade est loin, alors il a fait installer un mur d'escalade dans le gymnase et ça se développe. C'est une des activités qui marche le mieux. Un jour, encouragé par des directives ministérielles, il décide d'emmener une quinzaine de gamins en « milieu naturel ». Ils vont monter quelques "cailloux" dans la forêt de Fontainebleau. Les gamins choisis parmi les plus aptes, sont très excités à l'idée de sortir hors les murs, quitter quelques heures le contexte scolaire habituel. Il y a parmi eux, Saatchi, « Satch » comme ses potes l'appellent. C'est une forte tête, un mec assez « physique ». Pour les uns c'est un "frimeur », pour les autres un « vrai emmerdeur ». Mais pour Maxence qui en a vu d'autres et qui croit à l'importance de la confrontation avec soi-même, cette journée pourrait être déterminante, comme les entreprises qui prônent les défis-nature pour créer d'autres relations entre collègues / salariés...

Les 15 élèves et personnel accompagnant (le chauffeur du car), arrivent sur place joyeusement. Les consignes sont strictes, ils seront tous harnachés et ils s'arrêteront à la limite des 7 mètres. L'après-midi démarre, au poil, tout le monde est joyeux, on est en Juin, la fin de l'année approche, en plus il fait beau. Toutes les conditions sont réunies pour que ça laisse à tout le monde un super souvenir.
Quand Maxence voit que Satch monte au-dessus de la limite que tous les autres respectent, tout de suite, il l'interpelle et Satch redescend. Mais Satch n'aime pas qu'on le contredise, à peine au sol, quasiment direct, il remonte en disant qu'il en a rien a foutre de ce que dit le prof. Satch veut frimer devant les filles, et il repart illico à l'assaut de la paroi. Aussitôt Maxence l'interpelle, mais cette fois Satch ne s'arrête pas et continue son escalade. Il vise le sommet du rock... Sauf qu'à 18 mètres il dévisse. Raté une prise. Ce qui devait arriver, arrive : il rebondit sur le rocher, sa tête heurte la pierre, il est freiné heureusement par un buisson, mais néanmoins il s'écrase sur le sol.
KO, comme mort.
Téléphone. Urgence.
¾ h plus tard, les pompiers arrivent, brancard. Ils embarquent le gamin dans le coma. Police. Constats sur place, tout est en règle. Retour en silence dans le bus.
Le cauchemar de Maxence commence.
Satch entre la vie et la mort. Trois semaines à attendre chaque coup de téléphone le cœur battant. Panique, angoisse, nuits blanches. Finalement Satch sort du coma. Ouf. Non sans séquelles : multiples fractures, côtes, bassin, épaules, poignets.
Débute alors le calvaire de l'autre victime collatérale. Soupçonné de « faute grave », Maxence est montré du doigt par les parents, considéré comme responsable, il est assigné à résidence tout l'été. À la rentrée il n'est plus autorisé à travailler avant les conclusions définitives.

Enquêtes, contre-enquêtes. On inspecte sa vie privée, on épluche son ordinateur, ses prescriptions médicales, (il n'en a pas), ses relations avec les élèves, elles sont bonnes. Les autres élèves présents ce jour là ont été interrogés (pour information), ils ont tous dit la même chose : ils étaient harnachés, ils ne devaient pas dépasser une certaine limite, Satch est parti de lui-même, il n'en fait qu'à sa tête etc. Mais ces avis sont seulement consultatifs, de toute façon ils ne comptent pas pour l'enquête.
Interdit d'exercer ce boulot qui lui tenait à cœur ; néanmoins pour sauver les apparences, on le met en « arrêt longue maladie ».
À l'arrivée, les experts dépités n'ont rien trouvé rien à lui reprocher, Maxence a fait ce qu'il fallait dans les règles. Maintenant il reste des jours entiers devant la télé, quelques fois il peint des tableaux abstraits qui reflètent ses états d'âme. Lui qui n'a jamais été malade tombe réellement malade. Son couple périclite. Tentative de suicide. Il FAUT un responsable / coupable sinon l'assurance ne paiera pas. Le gamin est issu d'une famille en situation précaire qui a déjà du mal. Le père est absent et la mère élève seule ses trois enfants dans un 2 pièces de 45 mètres carrés, t'imagines la taille des pièces... Alors les instances sociales mettent la pression pour qu'on trouve une solution financière avantageuse pour la famille. Il ne peut pas y avoir de rente « à vie » si on ne fait pas porter le chapeau à quelqu'un. Ça ne peut pas être la faute du caillou, donc on se rabat sur le prof sinon le gamin n'aura rien.
Aujourd'hui Satch peut marcher, mais il ne peut plus courir, il a toujours une épaule en vrac. Il est repassé 9 fois sur la table d'opération, il a récupéré l'usage de sa main gauche, mais s'il peut faire semblant de vivre normalement c'est sûr qu'à 40 ans le gamin va morfler !
Maxence, lui, ne comprend pas ce qu'on lui reproche, et il se bat pour son honneur, mais il se sent lâché par tout le monde, son syndicat, le rectorat, ses collègues. La Société

n'a que faire de l'honneur d'un prof.
Cela fait maintenant quatre ans que ça dure, les protagonistes n'en voient pas la fin, d'autant qu'il n'y a pas de solution idéale. Partant du principe que la société n'admet pas la responsabilité des mineurs, c'est donc l'adulte en charge qui doit payer.
Le gamin a fait une connerie, mais c'est le prof qui reste au sol.
Tu parles d'une escalade... de responsabilités !!!
CharlElie COUTURE
Avril 2019

Précision: Comme le procès est en cours, les noms ont été changés.

6 avril

Je me suis rendu à un apéritif de l'association « On va sortir » (OVS). C'était ennuyeux au possible, et j'appellerai cela « On va perdre son temps ». Il y avait, en dehors de moi, un couple, et deux personnes, une femme revenant d'un voyage au Brésil et un homme qui n'a pas dit un mot ou presque. J'ai eu beau essayer de me mêler de la conversation, d'être affable, rien n'y a fait. Les bourgeois fauchés de Valence dans toute leur splendeur.

Demain, c'est une ballade (et pas randonnée), une marche, trois femmes sont inscrites, celle qui organise est une nouvelle de « OVS ». Espérons que cela sera mieux. Car à force de déceptions de ce genre, je risque me réfugier dans la solitude. Déjà le 23 mars, je racontais la séance avec la comédienne hypno thérapeute Ysabel Lopes, déjà une « sortie OVS ». Du temps perdu dans les deux cas.

7 avril

La troisième sortie OVS, la marche, a tourné à la catastrophe en raison d'un homme qui s'est rajouté à la dernière minute, alors que le groupe était limité à quatre.

L'organisatrice et une femme plus jeune sont parties devant, sans nous attendre, marchant trop rapidement.

Je me suis retrouvé avec la femme et l'olibrius qui a obtenu son numéro de téléphone. Il avait ce qu'on appelle « du bagou ». C'est infiniment dommage car sans cet homme, j'aurais eu une chance de nouer une relation amicale potentielle, enfin peut-être. Plus ça va, plus je déteste OVS et moins j'y crois. Ce n'est pas là que je me ferai des copains.

Viviers, 10 avril

Ma fille m'avait dit que mon petit-fils Lucas n'était plus intéressé de venir au cinéma avec moi, qu'il devenait trop grand, mais il a voulu aller voir, à la séance de 16h00, le film « Alex, le destin d'un roi ». C'est une version moderne des Chevaliers de la Table Ronde, un film britannique. Il est assez long (2h00), au point que ma fille s'inquiétait et a téléphoné à Lucas à la sortie du cinéma. L'autre séance étant à 13h50 était trop tôt. Désormais, à chaque fois, je pense que le film que nous voyons ensemble est le dernier, et Lohan, quatre ans, assez réservé et peu démonstratif, n'a pas l'habitude de rester seul avec moi et n'est pas prêt de prendre la relève de son frère pour les sorties cinéma.

Le soir, nous avons mangé dans un restaurant japonais, qui se trouve à l'entrée de Montélimar, avec buffet à volonté. Il me semble que c'est le restaurant « Nam Hai ». Le monde est petit, nous y avons rencontré Adrien L., un ancien compagnon de ma fille, le genre de choses qui n'arrive pas si l'on avait voulu le faire exprès.

Nous avons passé une excellente journée, même si je n'avais pas la forme et la pêche qui étaient miennes la fois précédente, de retour de Milan.

Le soir, revenir par l'autoroute A7 à Valence fut pénible, il y avait des travaux sur une voie, puis deux, et je suis rentré vers 22h30 environ chez moi.

Valence, 11 avril

Je me suis rendu sur l'invitation d'Eléonore B., une collègue de travail, à une soirée « Social Bar ». Je suis parti dès que je l'ai pu. L'ambiance était égale à celle de la deuxième sortie OVS, j'étais apparemment avec un député (?) qui a payé un verre aux quatre cinq personnes qui étaient avec lui sauf moi, ce qui m'a mis dans de mauvaises dispositions. Le lieu était mal choisi, le café « La Bastille », car se mélangeaient les participants du Social Bar avec les clients de l'établissement. Un public de bobos. A fuir.

13 avril

J'ai fait un cauchemar dans lequel Muriel Baptiste m'appelait au secours, ce qui m'a laissé assez choqué au réveil.

Premier contact avec l'association franco-italienne. Un cours de cuisine. L'ambiance est bonne, mais je choisirai à l'avenir d'autres activités, n'étant pas quelqu'un qui aime faire la cuisine. Nous avons fait une aubergine calabraise, avec du piment et du fromage pecorino sarde, ainsi que du parmesan et de l'origan. En mangeant la petite aubergine que j'ai ramenée, nous n'avons trouvé aucun goût. De plus, nous avons cru la réchauffer et mangée froide.

Marie-Rose V. s'étant fâchée avec ma mère et moi, elle n'enverra pas de rameau cette année. J'ai donc été à la messe qui a été donnée par un prêtre sénégalais. Il n'y avait que des personnes âgées (à ce rythme-là, dans vingt ans l'église aura disparu). Je n'ai vu qu'un couple de jeunes, la femme était assez jolie, j'ai pensé en les voyant qu'ils ne pratiquaient pas la contraception, car ils avaient trois enfants, et eux-mêmes les parents sont jeunes. Sans racisme aucun, on peut constater qu'il n'y a plus de prêtres français de souche. L'église semble avoir considérablement perdu de son influence à Valence, puisque la messe des rameaux a lieu… le samedi soir. L'église Pie X où je me suis rendu est l'endroit où je me suis mariée avec la mère de Claire le 28 février 1987. La messe qui est diffusée par France 2 le dimanche matin à 11h00 et que regarde ma mère dure 45 minutes, alors que celle-là a commencé à 18h00 (après la bénédiction des rameaux à 17h50) a fini à 19h30, ce doit donc être une messe condensée que diffuse l'émission de France 2 « Le jour du Seigneur ». Au point que ma mère ne me voyant pas rentrer pensait que j'avais été victime d'un attentat. Les messes de la Chapelle d'â côté, Notre Dame du Charran, ont toujours lieu sous protection militaire. A Pie X, il n'y avait personne pour nous protéger. Nous avons donné un brin de rameau à l'infirmier Pedro G. car il est croyant et n'a pas le temps avec son travail d'y aller.

J'apprends qu'aujourd'hui c'était le « Disquaire day », la fête du vinyle.

16 avril

Notre-Dame de Paris a brûlé hier. Ce printemps semble bien mal parti : mauvais temps, ambiance glaciale au bureau, problèmes de voisinage, mes tentatives de « vie sociale » en me mettant des associations ne portent pas leurs fruits. L'association franco-italienne ne propose que des activités espacées dans le temps et l'espace : beaucoup d'évènements ont lieu à Montélimar, je ne vais m'y rendre pour un pot !

Voici ce que Charlélie Couture dit de Notre Dame sur Facebook :

Après ? Bein... Après, rien, après, c'est juste après. Après, c'est trop tard. Abasourdis, stupéfaits, ébahis, on jette des regards hagards vers l'au-delà en espérant une réponse, mais la réponse ne vient pas. Éperdus, ahuris, écœurés, hébétés. Après, on reste sans voix. L'après est toujours muet. Après c'est juste après...
Les dernières fumeroles et poussières montent au ciel et avec elles s'envole toute l'Histoire des souvenirs disparus. On regarde les décombres, et il faut faire avec le vide, ce vide qui nous hante, comme un espace absolu, le néant...
Après avoir séché nos larmes, on se retrouve face à l'évidence, on est après. Après, c'est trop tard. Il s'est passé quelque chose de grave. On se réveille avec la gueule de bois, bois brûlé, la gueule en cendre...
Au-delà des différences et des particularismes, le monde prend conscience qu'il a perdu un phare, une balise. On agit comme si l'on cherchait de nouveaux points d'ancrages. Toute la journée, comme une roue désaxée. On vagabonde en errance, de geste en geste, de tâche en tâche comme des schizophrènes sans repère.

Alors on veut conjurer le sort, on remonte le temps, on voudrait intervenir soi-même, faire des prières... On s'imagine juste avant, on se dit « si seulement... » et l'on se persuade qu' immanquablement, quelqu'un aurait pu éviter ça. Avant que toute cette furie ne se déclenche. Flashback, on retourne en pensée sur les lieux du « crime », là où tout a commencé. On voudrait reconstituer la scène. On se dit mais comment... Comment est-ce possible ? Qu'est-ce qui a déclenché ça ? En même temps que le gémissement de tristesse, avant que la rage et la colère ne se fassent entendre, on s'interroge. La fatalité a bon dos, il n'y a pas de fatalité. L'argument de la fatalité est une échappatoire pour éviter de s'alourdir avec des cas de conscience. On veut trouver la cause du malheur. Même s'il existe un certain contexte considéré comme « terrain favorable » / « une suite de circonstances » qui expliquent l'enchaînement des séquences dramatiques ayant abouti à ce que l'effet se propage en série, néanmoins il y a toujours un élément provocateur à un moment donné...

Pour toute forme de cataclysme, de désastre entraînant la peine et la désolation ainsi que la ruine de certains, oui chaque fois c'est la même chose, à un moment, il a suffi d'une étincelle, une première étincelle. Intention malveillante ou incompétence accidentelle, à un certain moment, quelqu'un ou quelque chose a mis le feu (... aux poudres?) et personne n'a été capable d'empêcher la propagation du Mal.

Alors il faudra en passer par les effroyables constats, les mesures d'experts, les batailles de chiffres, les estimations contradictoires entre ingénieurs, les mensonges et faux arguments, enquêtes judiciaires et perquisitions.

Même si l'origine n'est pas immédiatement identifiée (ou énoncée de façon officielle), il y a bien un moment, au tout début, où quelque chose a merdé... Immanquablement quelque chose a été faite (ou n'a justement PAS été faite) qui a entraîné l'irréparable avalanche d'embrasements de la catastrophe d'aujourd'hui.

Ne serait-ce que pour se rassurer soi-même, c'est normal de chercher le(s) responsable(s) d'une tragédie. Qui qu'il(s)

soi(en)t.
Le Diable n'existe pas, ou plutôt le Diable a toujours un nom, souvent celui de la connerie.
Alors après, oui après, on aura compris et on en tirera les conséquences... et les dirigeants prendront des mesures. À cause d'un crétin / incapable / négligeant / maladroit qui n'a pas assuré, on augmentera les dispositifs de sécurité pour tous, le lobby des assurances énervées fera voter des lois, et des milliers de gens seront pénalisés... Avec l'espoir que ça ne se reproduise plus.
Quoi qu'il en soit, et même avant d'avoir toutes les réponses, il faut vite se reconstruire,
Se reconstruire coûte que coûte...
Sauf qu'après,
Ce ne sera plus jamais comme avant !!!
Dans ce cas précis, il n'y pas eu de victime, alors on se console comme on peut, et on se dit que vu le brasier c'est heureux, mais certains bâtiments sont vivants, comme les légendes sont vivantes!
NOTRE DAME aujourd'hui, c'est aussi Notre Drame !
CharlElie COUTURE
Mardi 16 Avril 2019

17 avril

En février 2018, j'ai été chassé comme un malpropre de mon poste de délégué syndical CGT. Depuis maintenant plus d'un an, j'en fais des cauchemars, à croire que ma fierté et mon égo ont été durablement blessés.

Cela dépasse l'entendement, il y a des tas d'autres raisons de faire des cauchemars. J'avoue ne pas comprendre.

25 avril

Dick Rivers et Jean-Pierre Marielle sont morts hier.

J'ai rendez-vous avec un avocat suite à la visite des voisines le 21 mars et au bruit persistant. Ma première impression est mitigée : j'avais rendez-vous à 17h00, je suis arrivé une heure avant (16h00), de peur de ne pas trouver. L'endroit est désert, un immeuble peu reluisant, je pensais qu'il n'y avait personne, et l'avocat (alors que l'on n'entendait pas le moindre bruit) était là et n'est venu m'ouvrir qu'un peu avant 17h00.

Il va écrire au syndic pour demander le nom du propriétaire.

Sur cette affaire, je ne l'ai pas trouvé enthousiaste et il n'exclut pas que je puisse avoir des retombées, par exemple une agression. Il me suggère d'enregistrer avec mon téléphone portable, mais je ne sais s'il peut le faire, c'est un modèle de base.

Avignon, 1er mai

Hier, l'actrice Anémone est morte à 68 ans d'un cancer.

Les voisines ont encore fait du bruit, et à 3h23 (ou 3h33), un cauchemar m'a brutalement réveillé, je rêvais que Muriel Baptiste en Marguerite de Bourgogne était brûlée vive.

Je n'ai fait ensuite que somnoler, et me suis en rendu en Avignon avec ma fille.

Nous avons fait une longue visite du Palais de Papes et une courte du Pont Saint Bénezet. J'ai constaté que Lucas n'avait aucun souvenir de notre périple en Avignon en août 2013, et je crains que Lohan ne garde aucun souvenir, dans l'avenir, de ce voyage.

Si la journée s'est bien passée, et alors que cela faisait six ans que je n'étais pas retourné là-bas, je n'y ai plus le goût. Dire qu'à une époque, je songeais à y finir mes jours. Je me suis lassé de l'endroit, même s'il était romantique, même si la visite du Palais des Papes et bourré d'allusions aux « Rois maudits », donc à Muriel, avec le pape Clément V et le Cardinal Duèze.

J'ai constaté que Claire ne se rappelle pas que je l'ai emmenée lorsque j'en avais la garde l'été visiter la ville. Au début des années 2000 ou à la fin de la décennie 90.

Avignon, ville romantique liée pour moi au feuilleton « La demoiselle d'Avignon » et à Muriel pour « Les rois maudits », ne m'attire plus.

Je ne veux plus y retourner, la magie n'opère plus. Comme un film que l'on a trop vu. Je repense aussi au moment où j'ai découvert la ville, en janvier 1971, lorsque mon oncle et ma tante, décédés, y ont habité.

J'ai laissé là-bas trop de souvenirs dont je n'ai plus envie de m'embarrasser.

Valence, 12 mai

Demain, je reprends le travail après un arrêt maladie qui a commencé le vendredi 3. Les bruits de soirées et les rires ont cessé. Je n'ai eu aucune nouvelle de personne, notamment de mon avocat. Je ne sais donc pas à quoi m'en tenir.

En ce moment, je suis triste et mélancolique. Même lorsqu'il fait beau, je reste terré chez moi. Seule Emma Marrone parvient à me sortir de ma torpeur.

Hier, elle faisait sa rentrée sur Canal 5 dans l'émission « Amici » de Maria de Filippi, et je pensais pouvoir regarder aujourd'hui sur Internet cette « Star Academy » italienne, mais Canal 5 bloque sur Internet toute vision hors Italie.

On est toujours seul, quand on naît et quand on meurt. Cette solitude est pesante, mais je dois m'en accommoder.

Ma fille a désactivé son compte sur « Facebook » et l'on ne peut que communiquer que par SMS. Je me demande bien pourquoi elle a fait cela, mais bon...

Vendredi soir, à la médiathèque de Beaumont les Valence, je suis inscrit à un apéritif linguistique italien de l'association dont je suis adhérent. J'espère y rencontrer des gens intéressants. Il faudra que je fasse attention à ne pas trop parler d'Emma pour ne pas passer pour un illuminé.

19 mai

J'apprends avec peine la mort de Nilda Fernandez à 61 ans. Il était l'auteur d'un unique mais inoubliable tube en 1991, « Nos fiançailles ». Nous étions amis Facebook, si cela veut dire quelque chose.

J'ai apprécié ma soirée la médiathèque de Beaumont les Valence. Il y avait une jeune professeur d'italien sicilienne, Maria, brune, qui avait la fougue d'Emma, dont j'ai brièvement parlé sans que cela rencontre d'écho.

A mon retour de congé maladie, le 13 mai, j'ai appris que le vendredi 10 est morte une collègue de travail, Sandrine R., à 46 ans, d'un cancer contre lequel elle se battait depuis un an.

Hier samedi 18, j'ai connu un immense coup de blues, dont j'espère qu'il va vite se dissiper. Cela va mieux aujourd'hui. Les choses qui me rendent heureux sont Emma, ce qui n'est pas nouveau, et la plantureuse Jennifer Love Hewitt pour des raisons que je ne peux évoquer ici, mais que le lecteur masculin devinera.

Ma fille ne devrait venir que le week-end du 8 juin. Elle fera d'une pierre deux coups l'anniversaire de ma mère et la fête des pères. J'ai vraiment l'impression que cela lui pose problème de venir. Mon appartement est sans doute trop petit.

2 juin

Il a fait beau mais depuis que je ne travaille pas, je suis resté enfermé, j'ai bénéficié d'une semaine de vacances. Ma fille a de nouveaux ennuis avec mon petit-fils aîné. Il aura douze ans cette année. Jusqu'à quand ces tiraillements familiaux entre Claire et le père de mon petit-fils vont-ils durer ? Je tiens ce journal depuis 2015 et j'ai relaté les séances cinéma faites avec Lucas, il me semble que tout cela appartient désormais à un passé révolu.

Je ne pense quasiment plus à Muriel Baptiste, si ce n'était les « soirées Muriel » le dimanche soir où je me repasse ses feuilletons, et le blog qui va bientôt s'achever. Il faut avouer que David a brisé le rêve. Muriel Baptiste m'enchantait car elle était entourée de mystère et son existence n'en a plus pour moi.

J'ai regardé beaucoup d'anciens films ou feuilletons à la télévision, mais même cela au bout d'un moment finit par me lasser.

Je crois que je ne sais plus ce que je veux.

Aujourd'hui est mort un académicien que je ne connaissais pas, la chute du mouvement des gilets jaunes permet aux journalistes TV de combler le vide avec la mort de Michel Serres qui a écrit 80 livres que je ne lirai jamais.

Mon voisin avec lequel je faisais du vélo l'été dernier va être hospitalisé pour des problèmes cardiaques. Mais il devrait être sur pieds pour juillet. Je pense refaire des ballades avec lui, rester perpétuellement enfermé ne me réussit pas. Ma mère est tout le temps fatiguée. Elle dort dans son fauteuil roulant la journée.

Je viens de réaliser que c'est la perspective de retourner demain au bureau qui me rend morose. Et c'est un soulagement, car je n'aime pas ces périodes de « mal être » comme j'en ai connu une terrible en septembre 2016, lorsque le psychiatre m'a donné trois semaines d'arrêt de travail.

Viviers, 5 juin

Lucas avait décidé qu'il était trop grand pour continuer à voir des films avec moi. Il avait ce jour son activité pêche avec pour la fin d'année une balade en bateau, mais a préféré aller au cinéma avec son grand-père.

Nous avons donc vu un 23e film ensemble, le nouveau Disney, « Alladin », avec Will Smith. J'ai bien apprécié Naomi Scott, qui incarne la princesse Jasmine, et regardé en rentrant sur Internet Movie Data Base qui

elle est. Elle tourne une nouvelle version de « Drôles de dames ».
Après le film, nous avons été au magasin Maxi Toys et à Opel, Lucas m'ayant déréglé l'accoudoir, enfin il était juste sorti du rail.

Ma fille s'est absentée ayant un rendez-vous (une séance de tatouage, apparemment elle avait du mal à trouver un créneau chez ce tatoueur renommé) mais l'on s'est retrouvé le soir et je suis resté manger, ce qui m'a fait rentrer tard. Lohan ayant peur même des dessins animés, je pense qu'il n'est pas prêt de prendre la relève de Lucas. Cela dit, il est plus jeune que Lucas lorsque nous avons vu notre premier film ensemble le mercredi 25 mars 2015, « Les Nouveaux héros ».

Valence, 8 juin

Emma tourne un film, « Gli anni più belli », de Gabriele Muccino, neuf semaines de tournage sont prévues à Rome. Pour l'occasion, elle est devenue brune. Elle joue la femme du personnage joué par le comédien Claudio Santamaria, appelé Riccardo. A ce jour, le nom du personnage que joue Emma n'est pas connu. On ne parle que de cela parmi ses fans depuis le 3 juin quand elle l'a annoncé.

Les premières photos la montrent en costume, mais le film raconte l'histoire de quatre amis de 1980 à nos jours, et à travers eux un portrait de l'Italie contemporaine.

Sur Facebook, Charlélie Couture évoque la mort d'un musicien, Dr John.

Chacun son tour, crise cardiaque. Aujourd'hui : DrJOHN, de son vrai nom Malcom Rebennack, originaire de la NEW ORLEANS. Il avait 77 ans, quand le cœur de celui qui incarnait un certain "groove", "pulse" & "beat" Louisianais s'est arrêté de battre. Assez peu re-connu par le grand public Français, il n'en était pas moins apprécié des spécialistes. Les médias mettaient plus en avant son apparence à savoir celle d'un « origina », avec ses fringues en velours, chapeaux à plumes et breloques, plutôt que sa musique, mais le Dr John n'en était pas moins une icône Américaine. Pour le définir on utilisait le mot « inclassable » comme une manière de classer ceux qu'on arrive pas à limiter dans un genre. DR JOHN était un excellent pianiste dans la lignée du Professeur Longhair et Fats Domino. C'est vrai qu'il jouait une musique mélangée dans laquelle se croisaient le funk, le jazz, le zydeco, la cajun music, le ryhtm & blues et le boogie mais au lieu de dire qu'il n'était « ni ceci ni cela », comme le font les esprits étroits qui n'admettent que les choses simples, on pouvait aussi considérer qu'il était à la confluence des genres.
Le Docteur MAC REBENNACK n'était pas un intellectuel,

non, c'était une boule d'émotions qui s'éfforçait de guérir les peines avec ses méthodes à lui, un rebouteux en quelque sortes qui utilisait le pouvoir de potions harmoniques qui swinguaient grave et remettaient le corps en mouvement.

Par démons et merveilles, il est allé rejoindre les Esprits de Louisiane, ceux auxquels il s'adressait dans les cérémonies vaudous dont il était un des prêtres honoraires, lui qui, pour atteindre au paradis s'était méchamment défoncé (drogues et alcool) jusqu'à ce qu'il arrête enfin à 50 ans.

Sa musique me parlait et sa voix m'était familière, une voix timbrée, bizarre, très nasale. On a joué une fois ensemble à Bourges, (du temps où j'y étais invité). On avait partagé un peu dans les backstages. Il arrivait d'Allemagne, il était à moitié à la renverse, pourtant, quand il est monté sur scène, en solo ce jour-là, impossible d'imaginer son état, tellement il était parfait. On s'est revu à Manhattan, il y a deux ans, où il jouait à la City Winery sur Varick St, et on a parlé du Dockside Studio où nous avons enregistré l'un et l'autre à LAFAYETTE...

Dr John qui participa entre autres au grand concert donné après Katerina, restera à jamais une des références de la musique américaine chaleureuse des Etats du Sud.

CharlElie
Juin 2019

22 juin

2019 va être la première année depuis 2007 où je ne me rendrai pas sur la tombe de Muriel Baptiste, ceci parceque je pense que cela n'a plus de sens. Faire un trajet Valence-Paris en TGV pour rester vingt minutes devant une tombe n'en vaut pas la peine.

Pour y aller, il faudrait que j'ai autre chose à faire à Paris. Lorsque j'ai été voir le concert de Kylie Minogue à Boulogne, ayant été sur la tombe de Muriel avec David en juin 2018 pour le concert de Lara Fabian qui m'a bien déçu, je n'en ai pas ressenti le besoin.

Le blog Muriel Baptiste va prendre fin en juillet, je ne sais plus quoi relater, je n'ai plus d'anecdotes à raconter, en fait plus rien à dire sur quelqu'un qui nous a quittés il y a si longtemps.

Reste le rituel du dimanche avec la « soirée Muriel », mais je n'ai plus l'enthousiasme d'avant.

23 juin

Visite de ma fille. Elle venait à la fois pour l'anniversaire de ma mère et pour la fête des pères, mais les choses ont tourné à la catastrophe.

En effet, mes petits enfants ont l'habitude d'aller se reposer sur mon lit, que je fais chaque fois qu'ils viennent, alors que je ne le couvre pas habituellement le dimanche.

Lucas et Lohan jouaient et nous avons entendu un grand bruit. Dans des conditions indéterminées, Lohan est tombé de mon lit et sa tête saignait abondamment. Direction les urgences. Ma lampe de chevet est tombée sur la tête de Lohan lui provoquant une hémorragie que ma fille a dû stopper avec un point de compression, un gant d'eau glacé. J'aurais plutôt utilisé de l'eau oxygénée, mais Claire, ma fille, m'a expliqué que dans ces cas-là, il faut s'y prendre comme elle l'a fait.

La journée a été gâchée puisque nous l'avons passé aux urgences où Lohan a échappé de peu à des points de suture.

Dans la foulée, ma fille m'a confié que samedi dernier, elle dormait chez son compagnon et qu'un incendie s'est déclaré. Heureusement, elle a le sommeil léger et a entendu des bruits insolites et réveillé son ami qui lui a dit que cela venait de l'alerte orange de la météo. Elle ne s'est donc pas levée. C'est B., son compagnon, qui en allant voir ce qui se passait a découvert l'incendie. Ma fille et lui étaient bloqués à l'intérieur sans sortie de secours, car toutes les portes sont verrouillées par un système électrique. Il s'agit d'une maison hangar avec des voitures de collection. Avec leur téléphone portable, ils ont a appelé les pompiers. Il a fallu six camions de pompiers pour venir à bout de l'incendie.

Claire revient de loin, car sans son sommeil léger, elle ne serait plus là. Elle a la « baraka » car il y a quelques années, elle a fait une chute dans un ravin à Lus La Croix Haute, son compagnon de l'époque roulant trop vite. Grâce à sa ceinture de sécurité, elle s'en était sortie sans blessures.

Ma mère ne lit plus mon *journal* 2018, elle dit qu'elle n'y voit plus assez.

Emma a déjà terminé les prises de vue de son film « Gli anni più belli », à mon avis, elle n'y a qu'un second rôle. Cela dit, elle est libre de se consacrer à chanson à nouveau. Je ne voyais pas d'un très bon œil cette nouvelle carrière de comédienne qui risquait différer la sortie de ses albums et l'espace entre deux concerts.

On annonce la canicule pour demain, mais il fait déjà très chaud, sans transition, on passe du froid à l'étouffant. Le printemps, la mi-saison, n'existe plus.

Je me régale en ce moment en regardant les trésors de l'ORTF comme la série « Arsène Lupin » avec Georges Descrières. Je retrouve ma jeunesse heureuse en visionnant ces vieux films. La télévision de 2019 est si terne et triste.

Quatre années me séparent de la retraite, et je ne sais pas dans quel état je serai à ce moment-là. Les conditions de travail se dégradent d'années en années, et je vais au bureau « à reculons ».

Je trouve notre époque déprimante, avec un manque de sérieux général dans tous les domaines. Il faut prier et supplier pour qu'un électricien vienne, avoir un rendez-vous chez un médecin ou un spécialiste, la poste et le service public se dégradent. Les urgentistes font grève.

Cela fait je ne sais combien d'appels que je fais à SFR pour que l'on me rétablisse la RAI, dont je suis privé depuis au moins trois mois.

J'ai interrogé le président de l'association franco-italienne, mais il est chez Orange et d'ailleurs, curieusement, regarde peu la RAI. Il va demander à son adjointe si elle chez SFR.

Cette histoire de RAI qui n'est pas rétablie est à l'image de tout un tas de tracas du même acabit. J'achète un rafraîchisseur d'air pour la canicule, mais il n'y a pas le mode d'emploi, il faut aller sur Internet, et encore, tout n'y est pas expliqué.

Quand même, que les appareils électroménagers aient quasi systématiquement leurs notices d'utilisation sur Internet, qu'il faille télécharger, n'émeut personne.

Cette société part en lambeaux. Où-va-t-on quand aucun médecin ne se déplace plus, quand tout renseignement à une société (Darty, SFR...) est livré à un opérateur sur une « Hot Line » qui n'a que faire de votre problème ?

J'aurais aimé naître quelques années avant. L'avenir de ce monde me fait peur, c'est une société dans laquelle je ne sens plus que j'ai ma place. J'y suis un dinosaure.

Je serai en vacances dans une semaine. Cela me paraît une éternité. J'espère me reposer et me revigorer. Je vais faire du vélo en évitant la chaleur. Honteusement, je n'en ai plus fait depuis un an. Le froid m'a dissuadé de continuer, et je n'ai pas trouvé un groupe de marche pour poursuivre des exercices physiques. Valence est une ville très froide. Il est très difficile de s'inclure dans un groupe.

Aussi, de plus en plus, j'aime rester chez moi et m'isoler.

Sur Facebook, Charlélie Couture a mis un billet d'humeur irrésistible.

Les travaux de réfection du porche de l'immeuble n'en finiront donc jamais. Hier ils étaient trois à se poser la question de savoir dans quel sens on dévisse un écrou, pour finalement aller boire un café, et revenir avec un marteau après la pose et discuter à nouveau de la question du sens. À la fin de la journée l'écrou était toujours en place, comme dans le match de foot des philosophes des Monty Python. Dans le monde d'aujourd'hui tout le monde ne vise pas l'efficacité, pourtant...

9h30- Héloïse, mon attachée de presse m'informe que la grosse berline noire (toutes les voitures sont noires aujourd'hui, une signe des temps) attend pour nous emmener à l'hôtel citadelle Disneyland Paris où se dérouleront les rencontres ITV presse pour l'avant-première de Toy Story n°4 pour lequel j'ai fait l'adaptation de deux nouvelles chansons de Randy Newman.

10h30 À la barrière de l'entrée, l'agent de sécurité, bien qu'informée de ma présence, fait sortir le chauffeur pour qu'il ouvre son coffre.... Des fois que je transporte un inconnu ou un terroriste dans mon coffre... N'importe quoi !! Passons.

10h 40 Très bien accueilli. Sourires, amabilités, sous contrôle et maîtrise rôdée de la politesse diplomatique. Café ? La cafetière coule...

Je retrouve des odeurs et ambiances identiques à celles qu'on avait vécu lorsque j'étais venu dans ce même endroit avec mes filles, il y a 25 ans. Dingue de penser qu'ils utilisent les mêmes produits nettoyants, les mêmes

parfums. À la différence du château de Versailles qui n'a cessé d'évoluer, ici rien n'a changé, comme s'ils avaient atteint un état de perfection un jour et les choses sont restées à l'identique, (mis à part les Parcs et attractions qui n'en finissent pas de grandir comme une mousse expansive.)
11h 15 Maquillage
11H20 Je suis conduit au salon Harmony, la conférence-room où les interviews vont s'enchaîner. 7 à 9 minutes par intervieweur (euse) ? Chacun attend son tour. Dés le couloir, les journalistes voient défiler un décompte qui s'achève par un « Thank you » quand leur temps est écoulé. Promotion à l'abattage. Codifié à l'extrême. Sans mentir j'ai enquillé 25 entrevues d'affilée devant la caméra. Pas de temps mort. À mon attachée de presse qui demandait un allégement du plan de travail, il fut répondu qu'ils ne voulaient vexer personne. La seule faveur qui me fut accordée fut de m'autoriser à quitter cette pièce où malgré le rideau qui nous séparait, j'entendais les voix des deux comédiens interprètes des personnages principaux Pierre Niney et Audrey Fleurot qui vivaient le même exercice, (et comme ils étaient deux, ils faisaient plus de bruit) et d'aller dans une chambre ...
13h55 Après le déjeuner au buffet pantagruélique, retouches maquillage, une demie heure de conférence presse province et blogueurs
14h30 Ils m'ont installé un nouveau studio dans une chambre et voilà c'est reparti.
Un exercice de concentration, exercice de style, comment faire des réponses différentes aux questions qui sont elle, toujours les mêmes : - Savez-vous pourquoi Disney a fait appel à vous ? Comment avez vous réagi ? - 25 ans plus tard, qu'est ce qui a changé dans ce Toy Story 4 ? - Quel effet ça vous fait de reprendre « je suis ton Ami », - Question plus personnelle, quel était votre jouet préféré quand vous étiez jeune ?
Un mantra. Je m'efforce de ne pas répéter la même chose,

à chacun mais c'est parfois très difficile. Au bout de 15 à dix huit, ça devient presqu'une litanie.
Une seule fois, je suis parti en vrille, je ne sais pas pourquoi peut-être que le journaliste m'a pris à l'envers et me voilà embringué à parler de soldats de plomb qui le faisaient peur, des statuettes peintes aux couleurs nazi que mon père avait trouvés en 1945 dans une ferme où il s'était caché juste avant la libération du camp de déportation concentrationnaire de Dora Ellrich où il avait été interné 9 mois... Ensuite je n'arrivais plus à revenir sur Toy Story et me voilà racontant l'éducation qui m'avait été donnée visant à me rendre lucide, en conscience du monde, et comment j'ai été adulte à 7 ans et comment les jouets ne sont pas toujours animés de bonnes intentions, et comment je n'avais pas autant de jouets que cette masse d'objets de consommation qui entoure le quotidien des enfants aujourd'hui... Pendant 9 minutes me voilà sur un registre intime grave à l'opposé des légèretés frivoles.
18h30 - Retrouver Jamel Debbouze et Franck Gastambide. Visite groupée du « Toy Story Playland ». On enchaîne avec le photo call au milieu du Parc, puis le tapis rouge.
19h30-Après avoir retrouvé ma fille Yamée, je suis installé devant l'écran de la grande salle du Studio Theater.
Avant que je m'attaque à l'adaptation de ces deux nouvelles chansons, on m'avait fait voir une copie de travail noir et blanc, ce soir je découvre le film dans sa version finale. J'apprécie plus encore la sophistication des images d'une incroyable précision et la qualité du scénario qui fait de ce film quelque chose de particulier. Avec les années, il a gagné en « profondeur », abordant des désormais des questions existentielles, d'autres sur l'adoption, la réutilisation des déchets, la peur de disparaître ou la mésestime de soi suicidaire, tout ça à travers des métaphores ludiques amusantes. Je comprends que les gens en sortant considèrent cet épisode 4 comme un des meilleurs Toy Story.
23h- Après une dernière collation collégiale, une autre

grosse voiture noire m'a ramené chez moi devant ce porche dont les travaux sont restés en stand by... Quand les uns aspirent « plus plus », pour toujours et à jamais sans fin pour d'autres c'est plutôt « moins que moins ».
En tout cas, je constate que la vie de « Poète-rock-multiste », m'incite à faire le grand écart : autant je fréquente parfois les milieux interlopes dans le confort de la nuit, autant me voilà aujourd'hui au milieu des foules « anxiogènes » dans la pleine lumière d'un Disneyworld aux enceintes grillagées,
Ou présider le 37 ème marché de la poésie place Saint Sulpice,
Ou installer l'exposition « Démons et Merveilles » à Cavalaire partir du 2 Juillet,
Ou ce concert littéraire « American Rimes » que je vais faire à la Société des Gens de Lettres en parallèle de la lecture de textes de Marcus Malte, mardi soir (accompagné par Karim Attoumane),
Mais ça c'est encore une autre histoire...
CharlElie
Juin 2019

24 juin

Lendemain de grande émotion. Ce matin, j'étais tellement fatigué que j'ai failli me faire porter pâle. La canicule a commencé. Mon petit fils va bien, mais ma fille (pas plus que ma mère et moi) nous n'avons guère dormi cette nuit.

De retour du travail, je regarde « Mission Impossible » avec Lynda-Day George. Il s'agit d'une édition belge en

DVD. Ces produits vendus dans des étuis plastiques extra-plats sont sujet à la chaleur ou à je ne sais quoi qui les rend « collant », et un pareil coffret en édition française a failli endommager mon lecteur de DVD Blu-Ray. L'image s'est coincée, et l'objet était impossible à sortir de l'appareil. Tandis que j'écris, je teste les autres DVD que j'ai mis des pochettes adéquates. Il s'agit d'étuis de rangement permettant de stocker 32 dvd.

Lynda Day-George en 1974 et même longtemps après, représentait pour moi l'actrice sensuelle comme aujourd'hui Jennifer Love Hewitt, l'héroïne de « Ghost Whisperer ».

« Mission Impossible » ne m'a jamais intéressé à l'époque de Barbara Bain, en fait, la seule chose qui me plaise dans cette série où les histoires se répètent à l'infini selon le même canevas sont les remplaçantes de Barbara : la déjà citée Lynda, et aussi une autre comédienne dont je possède plusieurs films, Lesley-Ann Warren.

Les vacances à venir ont un goût de torpeur. Il va falloir que je me secoue un peu.

30 juin

Mort de la chanteuse Anne Vanderlove, à 75 ans, surnommée « La Joan Baez française », qui n'eut qu'un seul succès, « Ballade en novembre » en 1967.

11 juillet

Aujourd'hui, Muriel Baptiste aurait eu 76 ans.

Mon voisin Robert C. est mort le 7 juillet après dix jours de coma. Il devait subir un double pontage le 12, mais un infarctus l'a frappé avant. Je me suis rendu à la cérémonie civile à 13h30. Que ce soit religieux ou laïque, ce genre de choses est peu agréable.

Avec la canicule, ma première semaine de congé a été gâchée, mais depuis mercredi 10, je peux à nouveau faire du vélo, comme l'an dernier avec Robert C.

12 juillet

Je n'ai pas retrouvé le chemin qui permet de rejoindre tout de suite la forêt en direction du sud de Valence, je devais toujours le demander à Robert. On pense toujours que l'on aura le temps. Et puis les gens disparaissent.

La chaleur revient, et il faudra que dès demain je parte plus tôt pour la ballade à vélo.

38 pages de moins à la même date que le *journal* de l'an dernier. Serait-ce que je n'ai plus rien à dire ?

13 juillet

J'ai bien failli me retrouver à l'hôpital. En revenant de 16 kilomètres, je suis tombé sur un dos d'âne. Trois blessures : la lèvre, qui saignait beaucoup, le genou gauche aussi (j'y ai laissé un morceau de peau) et ma main droite. L'infirmier de ma mère m'a vu et m'a pansé le genou. Ma fille qui va à un anniversaire dans le coin est venue faire un rapide coucou. Elle avait laissé les enfants dans la voiture et n'est restée qu'une minute.

Cette chute m'a donné un sérieux coup sur le moral, même si je dois avouer m'en sortir bien, car j'ai failli me casser les incisives. Je peux taper mon *journal* malgré une main douloureuse. Je ne peux pas manger ce midi à cause de ma lèvre qui me brûle. J'ai pu revenir à vélo, au début je croyais l'avoir cassé, mais c'est tout simplement le guidon qui était à l'envers. J'ai bien peur de ne plus avoir envie de faire du vélo désormais, c'est ma seconde chute, après celle de l'an dernier. J'encaisse mal les chutes apparemment. Je pratique le vélo pour ma santé et il la bousille. J'ai aussi failli casser mes lunettes de soleil à ma vue.

S'il faut voir la bouteille à moitié pleine, je m'en sors quand même bien par rapport à ce qui aurait pu m'arriver.

16 juillet

Mort du chanteur Johnny Clegg, en sursis depuis plusieurs années suite à un cancer du pancréas.

19 juillet

Visite de ma fille Claire et de mes petits enfants pour fêter son 32e anniversaire. Très bonne journée avec ma fille, qui parlait, n'était pas évasive, et m'a rassuré.

En revanche, je me fais du souci pour le grand, Lucas, qui devient difficile à gérer.

Le soir, après leur départ, nous avons eu un désagréable incident ma mère et moi avec un livreur de « Maximo » venu porter trois caisses (ou quatre) de victuailles. Il était arrogant, agressif, et refusait de m'aider à décharger, voire voulait me laisser les cartons. Il a appelé l'un de ses collègues qui ne lui a pas donné raison. De plus, il est venu bien après l'heure, à plus de 20h00. Nous avons ma mère et moi indiqué à « Maximo » de nous rayer de la liste de leurs clients après l'incident. Il y a eu parfois des livreurs peu sympathiques, mais jamais un imbécile pareil. Hasard ou pas, ce n'était pas un français de souche.

22 juillet

Avant de partir en vacances, une collègue de bureau, Eléonore B., m'avait proposé de l'appeler à partir du 20 pour aller boire un pot. J'aurais dû m'abstenir car cette rencontre fut décevante. Elle est venue avec sa fille, qui n'a cessé de monopoliser l'attention. J'ai compris après coup qu'Eléonore avait lancé cette invitation sans penser que j'y donne suite.

29 juillet

Emma est en studio à Los Angeles, on ignore si c'est pour un best of avec des inédits ou le sixième album déjà ? Quoi qu'il en soit, il faut espérer que cela soit l'occasion de nouveaux concerts.

S'il y en a, j'irai sans doute avec mon ami S. mais sur deux jours et pas trois comme en février.

J'ai repris le travail aujourd'hui sans être guéri de mes bobos de chute de vélo.

Autant dire qu'au bureau, je ne suis guère productif.

3 août

Mort du boxeur Jean-Claude Bouttier à 74 ans d'un cancer.

Depuis deux jours au moins, Emma est en studio à Los Angeles pour enregistrer un nouvel album. On ignore, puisqu'il s'agit de ses dix ans de carrière, si ce sera un best of avec des inédits, voire des réenregistrements de chansons connues, ou d'un sixième album.

Je souffre toujours des conséquences de ma chute à vélo, alors qu'elle remonte au 13 juillet. Ma semaine au bureau n'aura pas arrangé les choses. Cette reprise a été catastrophique, personne ne m'a aidé et j'ai dû me lever sans cesse, ce qui empêche la cicatrisation du genou. Les collègues de travail se montrent peu compréhensifs, voire hostiles et agressifs, et bien évidemment, mon moral en a beaucoup souffert.

A la même date, l'an dernier, j'en étais à la page 128. J'ai le sentiment que ce *journal* 2019 sera bien mince, je suis en train de chercher un titre, et il pourrait s'appeler tout simplement « Emma ». Sans son concert, j'aurais arrêté la publication annuelle de mes *journaux*.

J'ai peu écrit en juillet, il faut dire qu'à compter de la date de ma chute en vélo, le 13, je ne savais plus quoi dire. Ce livre ne peut être un catalogue de jérémiades.

J'ai dû acheter un nouvel ordinateur, le mien ayant sa batterie explosée. Il n'est d'ailleurs pas conseillé de le rallumer, il peut imploser. Je n'ai jamais vu cela, le clavier de la souris est complètement déformé et ouvert.

Le problème est que je ne sais pas travailler avec Office 365, le nouveau produit de Windows qui propose Word et Excel, et j'ai dû réinstaller mes cd de « Small Business » de 2002. On m'a demandé ma clé de sécurité et j'ai dû me réenregistrer en ligne.

Aujourd'hui, je dois aller récupérer mon vélo au magasin où il a été réparé et j'ai besoin de l'aide d'un voisin, mais une fois dans ma cave, la bicyclette y restera. Après cette chute, je ne veux plus en faire, j'ai trop peur.

Ce voisin travaille la nuit, et il est la seule personne sur laquelle je peux compter à Valence depuis la mort de Robert C.

Le 18 mars 2020, j'irai avec Serge, mon ami de Roanne, voir Lara Fabian en concert, mais je ne crois pas que je me lancerai dans un *journal* 2020 juste pour cela, à moins que l'année prochaine, il y ait un concert d'Emma en prévision.

Ce *journal* est une vraie délivrance, il n'a pas l'aspect chronophage des critiques des 249 épisodes de la série « Le Virginien » que je faisais sur le site « Le monde des Avengers » depuis 2015, ni l'obligation journalière de rédiger le blog Muriel Baptiste dont j'ai fait le tour et qui s'est arrêté au 24 juillet 1974 le 24 juillet de cette année, jour de la fin de sa carrière, avec la diffusion de « Un curé de choc ».

Hier 2 août, j'ai eu une pensée pour Michel Berger, disparu en 1992, il se trouvait qu'il était présent sur France 3 dans une émission en hommage aux Carpentier que ma mère a absolument voulu voir.

Ma mère ne lit plus ce *journal*. Elle est atteinte de DMLA. (Dégénérescence maculaire liée à l'âge).

4 août

J'ai bien cru que ma mère allait s'étouffer. Il était deux heures et nous n'étions pas passés à table, n'avions même pas pris l'apéritif. J'étais en train de regarder « Le commandant X », un vieux téléfilm bien ennuyeux, quand j'ai réalisé son absence anormale. Cette fois, elle a bien failli s'étouffer avec un morceau de melon, elle n'a d'ailleurs pas mangé ensuite.

Concernant les vieilles séries télévisées introuvables, il vaut mieux ne pas les avoir du tout que de posséder des enregistrements médiocres sur DVD faits par des collectionneurs. J'ai voulu regarder « Serpico », mais celui qui a fait les enregistrements a indiqué au feutre sur les disques des numéros qui ne correspondent pas aux épisodes. De plus, il a mis deux épisodes à la suite et sans menu, ce qui oblige à passer le premier en avance rapide si l'on veut voir le second.

Pour « Serpico », je ne sais pas trop ce qu'a fait Christophe C. qui me les a envoyés, il a indiqué le chiffre un pour le pilote, or aux USA, le pilote est toujours l'épisode zéro. Cela vient je crois du fait qu'il y a des pilotes non suivis de séries. En conséquence, en voulant voir les épisodes, il y avait un décalage. J'ai été en avance rapide pour voir le deuxième épisode figurant sur un DVD et il s'agissait d'une histoire que j'avais déjà vue. En raison de cette numérotation erronée.

Avec mon ordinateur, j'ai mis des étiquettes dans un étui porte cd à chaque étui transparent, indiquant seulement le titre des épisodes, comme je l'ai fait hier avec « Sam Cade » qu'un autre collectionneur m'a envoyé. Il n'y a pas d'ordre de vision dans ces épisodes, donc peu importe le numéro.

Je ne me suis pas reposé ce week-end, pas comme je l'aurais voulu, et une nouvelle semaine au bureau se profile. Mon moral est mauvais et il est assez absurde de penser que tout cela vient d'une chute à vélo. Ce matin, la douleur au dos m'a réveillé vers 6h00, c'est l'une des conséquences du choc. Je vais peut-être voir un ostéopathe pour mon dos et ma main gauche où des nerfs semblent froissés. Si tous les ostéopathes ne sont pas partis en vacances en août.

D'après son groupe officiel sur Facebook, ou plutôt un article de presse italien auquel il est fait référence, Emma Marrone serait en train d'enregistrer son sixième album de chansons inédites qui paraîtrai en 2020, deux ans seulement après « Essere qui » sorti en 2018.

6 août

Rêve de Muriel à Aiguèze, je n'avais plus de livres, tous donnés à Lavaudieu.

8 août

Mort du réalisateur Jean-Pierre Mocky. On ne sait pas s'il est né en 1929 ou en 1933.

Mais ce que j'ai retenu de la journée est ma visite à un ostéopathe. Suite à ma chute en vélo, il m'a fait diverses manipulations.

10 août

Avec ma mère, nous avons passé la journée à revoir le feuilleton « La Demoiselle d'Avignon », qui nous a enchanté. C'est un conte de fées, une autre époque. A la fin de chaque épisode, nous ne pouvions nous empêcher de mettre le suivant, ce qui fait que nous avons regardé les six épisodes à la suite.

Marthe Keller et Louis Velle y sont merveilleux et émouvants, c'est l'histoire d'amour comme chacun aimerait en vivre une, mais je crains fort que cela n'existe pas dans la vie réelle. Il est étrange que je n'ai pas voulu revoir ce feuilleton en achetant la cassette VHS ou le DVD, ce qui fait que je n'ai vu que les trois diffusions télévisées, 1972, 1974 et 1976. Il y aurait eu des rediffusions sur TF1 en août 1982 et sur M6 en juillet 1990, choses que j'ignorais.

Comme cela se passe en Avignon, ville où je me suis souvent rendu, la dernière fois avec ma fille et mes petits fils le 1er mai, j'étais aux anges, même si j'ai trouvé que finalement, peu de scènes y ont été filmées. L'histoire se passe un peu partout, à Paris, où Louis Velle joue un diplomate, ainsi que dans un endroit appelé la Kurlande situé sur une île de la Baltique qui en fait est composé de scènes tournées au Danemark et en Norvège. J'apprends des années après que le premier épisode fut mis en boîte au Fort Saint-André qui est près d'Avignon. Peu de scènes auront finalement été filmées en Avignon, puisque la Suisse et la Bretagne servent aussi de décors à l'intrigue.

J'étais dans les nuages après la vision des six épisodes d'affilée.

11 août

David a vu que j'avais mis un article sur « La Demoiselle d'Avignon » sur le blog Muriel Baptiste où je ne vais plus, faute de ne plus rien avoir à dire, et ce dimanche après-midi, il m'a appelé durant quatre heures. Il voulait prendre de mes nouvelles.

17 août

Peter Fonda est mort hier à 79 ans d'un cancer du poumon. Je ne me souviens pas de l'avoir vu dans un film qui m'ait intéressé.

J'ai trouvé le nom de mon journal 2019, « Emma ».

Bien que j'ai vu un ostéopathe le 8 août, qui m'a remis le bassin en place, j'ai des douleurs ressemblant à des rhumatismes ou de l'arthrose, essentiellement à la main droite. L'an dernier, en vélo, j'étais déjà tombé sur cette même main.

Je suis obligé de prendre du Doliprane pour ne pas avoir mal. Il semble qu'il me faut être patient. Avec le temps, cette douleur devrait se résorber, elle avait duré assez longtemps l'an dernier.

Hier, je me suis battu au téléphone avec SFR pour qu'on me rétablisse la chaîne RAI UNO, en vain.

J'ai parlé d'un autre collectionneur le 4 août, il s'agit d'un belge, Bruno D. et il m'a retrouvé trois épisodes de « Haute Tension », anthologie américaine des années 60 dont je possède déjà 12 histoires. En échange de la gravure sur DVD de mes épisodes, il va me fournir ses 3 « Haute Tension » et compléter la différence avec une série western introuvable, « Chaparral ». Je ne l'ai pas revue depuis des années, plus de quarante ans, la dernière rediffusion a eu lieu (à ma connaissance) dans l'émission de Guy Lux « Samedi est à vous » qui s'est arrêtée en 1976.

J'ai une grande nostalgie des années 70 et de toute la télévision de cette époque. Elle est peut-être exagérée. Dans les années 70, des séries comme « Chaparral » ou « Cannon » étaient considérées comme « moyennes », et très loin des chefs d'œuvre « Les Envahisseurs », « Amicalement vôtre » où « Chapeau melon et bottes de cuir ».

Après avoir fait un court séjour à Los Angeles pour enregistrer son sixième album, Emma Marrone est partie en vacances à Naples, à Capri, mais s'est rendue hiier aux obsèques d'une présentatrice de la télévision italienne morte d'un cancer à 40 ans le 13 août, Nadia Toffa, dont j'ignorais l'existence. Elle semble, ainsi que beaucoup d'italiens, très affectée par cette disparition précoce.

Emma annonce la sortie d'un single, « Io sono bella » (« Je suis belle ») le 6 septembre. Puis, à la fin de l'année, elle doit présenter son nouvel album et annoncer une tournée, à laquelle je ne manquerai pas de me rendre, compte tenu du pur bonheur que fut son concert le 26 février. Je ne doute pas que Philippe m'accompagnera.

L'été est un moment de joie intense pour les admirateurs d'Emma car elle ne se gêne pas pour poser en bikini pour les photographes, et qu'elle est merveilleusement belle. Les photos se retrouvent sur Internet, et notamment les réseaux sociaux comme Facebook et Instagram. Emma, sous le nom de RealBrown, est seule aux commandes de son compte Instagram. Malheureusement, les photos qu'elle y met sont protégées, et l'on ne peut les enregistrer sur ordinateur que si elle sont ensuite reprises par son groupe Facebook.

Emma se fait appeler « Brown » parce que son nom de famille, « Marrone », se traduit par « Brown » en anglais. En français, cela signifie tout simplement « Marron ».

Depuis que je fais mon *journal* en 2015, plusieurs célébrités ont disparu prématurément et leur mort m'a affecté. Je pense à Michel Delpech, France Gall, Elizabeth Baur et Suzan Farmer. Tous les quatre du cancer. Mais cette année, je dois l'avouer, peu de disparitions me touchent : Anne Vanderlove, chanteuse d'extrême gauche, qui n'a eu qu'un seul succès de variétés en 1967 qu'elle s'est empressée de renier dès 1968, pour devenir une chanteuse à texte intellectuelle et marginale. Elle ne chantait plus que dans les maisons de la culture et les prisons, au point qu'en 1993, elle a été condamnée à un an de prison avec sursis pour le braquage du Crédit Agricole de Laon. Il semble qu'à la fin de sa vie, elle ait partagé la vie d'une compagne, Sandrine, qui a annoncé sa mort.

L'annonce de la mort de Johnny Clegg, Jean-Claude Bouttier et Jean-Pierre Mocky ne m'a pas davantage attristé que celle d'Anne Vanderlove.

Pour parler de choses plus gaies, la belle Megan Fox, qui fait une carrière peu intéressante, ne tournant que des films pour enfants (« Transformers », « Ninja Turtles »), est souvent sur Facebook dans des poses suggestives. Plus mannequin et sex-symbol que comédienne (à la différence de Jennifer Love Hewitt que j'apprécie beaucoup), je regrette vraiment qu'à 33 ans, elle n'ait jamais trouvé un rôle à sa mesure. Ces dernières années, j'ai acheté plusieurs de ses films en DVD et été la voir au cinéma dans les deux films sur les Tortues Ninja. C'est un crime de ne pas profiter de la sensualité et de la plastique de Megan Fox pour la cantonner à de simples magazines pour hommes et ne pas lui offrir un rôle de femme fatale à l'écran. Jennifer Love Hewitt elle a pu nous montrer l'étendue de son talent et de sa plastique dans la série télévisée « The Client list ». Concernant

Megan Fox, elle est très affriolante sur ses photos, on se damnerait pour ses genoux, et pour le reste, mais elle ne semble pas décidée à tourner un bon rôle à l'écran.

18 août

Les voisines du dessus continuent de me casser les pieds en faisant du tapage nocturne et à me réveiller la nuit. Entre cauchemars et réveils impromptus, mes nuits ne sont pas tranquilles.

Je fais toujours le même cauchemar depuis février 2018 et l'éviction de mon poste de délégué syndical CGT, ce qui relève de l'absurde. Mon égo a certainement été profondément atteint. Le temps passe et cet affront ne se dissipe pas. En fait, ce sont les conditions de mon départ de ce poste que je n'ai pas digérées. D'autre part, alors que j'étais délégué depuis 2013, je me suis retrouvé du jour au lendemain cloué à ma place de travail. Il ne m'est guère possible de prendre de pauses, et avec qui ?

J'espère que mon psy me donnera un arrêt de travail lorsque je le verrai jeudi, même si je me doute que cela ne sera que pour une semaine. La canicule et mon accident de vélo ont gâché mes vacances estivales.

J'aime rester chez moi sans sortir, me calfeutrer dans le confort douillet de mon intérieur, et regarder d'anciennes séries télé.

Ma fille a déménagé hier. Elle est avare de confidences.

23 août

Nous avons définitivement changé d'époque, il y a dix ans encore, mon ex-compagne Isabelle T. prenait des crises en raison des hommages à Joe Dassin, injustifiés selon elle, et aux dépends de Gilbert Bécaud.

Après l'absence d'hommage pour le 40e anniversaire de la mort de Claude François en 2018, le 20 août est passé sans que personne n'évoque Joe Dassin.

Les vedettes de la chanson française aujourd'hui sont Black M, Soprano et Maître Gims, des rappeurs, et Mike Brant, Claude François et Joe Dassin ne font plus d'audience lors des soirées hommage. S'agissant de Joe Dassin, bien des témoins de sa carrière comme Carlos sont morts. Il est vrai que l'on nous montrait toujours les mêmes images.

Le licenciement de Patrick Sébastien qui animait la dernière émission de variétés, « Les années bonheur », fait que l'on ne verra plus à la télévision les chanteurs qui ne sont plus considérés comme à la mode. Je ne pense pas ici aux disparus, mais aux anciennes gloires comme Herbert Léonard et ce type de chanteurs.

Cette nuit, j'ai fait un cauchemar où il était question un peu de tout cela. Bernard Golay et Roger Lago de l'émission « La Une est à vous » revenaient et étaient méconnaissables. Ils parlaient de Mike Brant notamment, à des jeunes, et personne ne savait qui c'était.

Depuis deux jours, les réseaux sociaux disent qu'Emma est fiancée à un mannequin norvégien, Nikolaï.

Mardi 20, le psy m'a mis en arrêt de travail jusqu'à fin août, mais hier il m'a prévenu que cela resterait exceptionnel. Les médecins conseils de la sécurité sociale obligent désormais ceux qui ont de longs arrêts à reprendre le travail.

En y réfléchissant, je réalise que les choses ont changé dans mon bureau depuis deux ans, il m'en reste quatre à faire avant la retraite. C'est l'ambiance générale qui s'est modifiée. Mon psy me dit que c'est partout pareil, lorsqu'il veut joindre l'URSSAF, il tombe sur des plateformes téléphoniques.

Bien que je ne regarde pas de films d'épouvante, mes nuits sont souvent remplies de cauchemar qui me font apprécier la réalité quotidienne.

Ma vie n'est pas exaltante, mais pas triste non plus. Je la préfère à ces cauchemars où je ne peux rien contrôler. Je pense que je n'admets pas mon âge, 60 ans, et ne me suis pas fait au temps qui passe. Je n'aime pas mon époque, ses films, ses séries, ses chanteurs (à part Emma).

Je me réfugie dans un passé qui n'a plus de sens. Cela n'a rien à voir avec Muriel Baptiste qui dans les années 70, je l'ai enfin réalisé, n'a jamais connu la notoriété. C'est le changement d'époque auquel je ne me fais pas.

Même James Bond depuis l'arrivée de Daniel Craig n'a plus aucun intérêt. Il est question dans les médias à présent d'un James Bond noir, d'un James Bond féminin, d'un James Bond gay, la série n'a plus de sens et si ce n'était l'appât du gain, les producteurs auraient mis un terme à l'aventure.

Cela dit, depuis la fin de la guerre froide, et l'épuisement des écrits de Ian Fleming (Il n'y a plus rien à adapter), la série n'a plus de raison de continuer. On refait toujours un peu les mêmes histoires.

Que manque-t-il à ma vie pour m'épanouir ? Vaste question. Je serai porté à dire qu'il me manque une compagne, mais ne suis pas certain qu'à mon âge, je supporte de partager ma vie avec quelqu'un.

J'ai tant de fois tenté de « refaire ma vie » après mon divorce en utilisant d'illusoires annonces et autres sites de rencontres que j'y ai laissé mes illusions. J'aimerais être entouré de copains, pas une foule, deux, trois au grand maximum. L'absence de vie sociale me pèse.

La seconde chance, le bonheur, j'y ai cru en 2009, à la rentrée, lors de ma rencontre avec Isabelle T. Cet automne-là, je croyais vraiment que la recherche du bonheur était terminée, mais le rêve a rapidement pris fin. J'étais resté une semaine, enfin dix jours, avec Isabelle, mais ensuite, j'ai vite découvert son caractère, ses manies morbides et malsaines. Une troisième chance, après mon mariage et Isabelle, est-elle possible ?

Il y a certes l'association franco-italienne de Valence, qui est chaleureuse. Je crois que la vie est faite de hasards. Ma chute de vélo du 13 juillet n'était pas préméditée, et il ne peut y avoir que des hasards malheureux, à moins de croire à quelque malédiction ou autre sornette.

Pourquoi la vie ne me réserverait que de mauvaises surprises ?

L'absence de « vie sociale » provient du fait que je ne sors pas de chez moi. C'est un peu « le serpent qui se mord la queue ». Je sortais encore un peu en vélo, mais pour l'instant, il n'en est plus question.

La véritable question que je me pose est l'acceptation de la solitude. Sartre avait écrit dans « Huis Clos » : « L'enfer, c'est les autres ». Je me demande si cette vie que je me suis construite à partir de passions solitaires comme les collections de films et de disques ne cache pas une contradiction avec ma peur de la solitude. On ne peut pas avoir les deux existences en parallèle. Celle du solitaire qui fait ce qu'il veut sans rendre de comptes à personne, celle de l'homme qui a une vie sociale.

Sur cette dernière question, les choses ne sont pas claires dans ma tête. Lorsque j'étais marié, j'avais l'impression de ne pas avoir un moment à moi. Il est évident que je ne suis pas tombé sur la bonne personne, mais nous sommes des millions dans ce cas, à en juger par la quantité de séparations et les divorces.

1ᵉʳ septembre

Il y a des jours plus difficiles que d'autres, où les souvenirs reviennent plus intensément, où la noirceur l'emporte sur la lumière, où une date de naissance vous renvoie à un absent chéri, et toujours cette fameuse rentrée qui inaugure l'automne propice aux chagrins de toutes sortes...

J'apprends à l'instant sur Facebook le décès ce matin du présentateur Bernard Golay qui animait « La Une est à vous » de 1973 à 1976. Il avait seulement 75 ans, et l'on nous parle « d'augmentation de l'espérance de vie » ! Un peu plus tard, son ex-femme Sophie Darel annonce que Bernard est mort en fait vendredi d'une leucémie.

Cet été qui se termine a été trop chaud, 45 degrés dans certains endroits. J'en retiendrai surtout le mauvais souvenir de ma chute à vélo du 13 juillet, et la prise de conscience que je vais entamer la soixantaine.

Ma fille me contacte souvent et je m'en réjouis.

Je n'ai jamais aimé septembre, c'était jadis le mois de la rentrée des classes, et aujourd'hui il a un parfum de cendres. Hier David m'a longuement téléphoné, nous parlons de moins en moins de Muriel Baptiste, il essaie de me donner des conseils et de se comporter comme un ami. Mais il est loin, à Bondy, en Seine Saint-Denis.

J'ai appris quelque chose qui ne m'a pas fait plaisir ces jours-ci : Lara Fabian va rejoindre l'équipe des jurés de « The Voice », l'émission de TF1. Il y a deux ou trois ans, il avait été question qu'elle participe à cette émission, et c'est quelqu'un d'autre qui avait été choisi. « The Voice » existe depuis 2012. En tout cas, avec ses deux derniers albums médiocres, elle est en train de baisser dans mon estime. C'est le type d'émission qui fait que je déteste la télévision actuelle.

Dans une grande indifférence, Nancy Holloway, actrice et chanteuse des années soixante, nous a quittés à 86 ans le 28 août. Le même jour que Michel Aumont dont on a évoqué la mémoire au journal télévisé. Je ne crois pas qu'il ait eu un hommage.

J'appréhende beaucoup mon retour au bureau demain.

Je n'aime plus l'été à cause des canicules et du réchauffement climatique.

3 septembre

Moment éprouvant ce mardi 3, j'ai endommagé mon automobile sur le parking de mon entreprise en raclant un mur. Il faut changer la portière arrière et il y en a pour 3000 euros de réparations. Je suis assuré tous risques, mais me serais bien passé de cet accident.

L'actrice américaine Carol Lynley nous a quittés à 77 ans d'une crise cardiaque.

6 septembre

Une collègue de travail m'a parlé de la retraite progressive, mais après étude, cela ne sera pas possible. A cette occasion, j'ai appris que le montant de ma retraite dans quatre ans sera de 1300 euros, ce qui m'a désagréablement surpris.

7 septembre

C'est le 24e anniversaire de la disparition de Muriel Baptiste. Avant-hier, David m'a envoyé des photos de la tombe qu'il a fleurie. Je l'ai rappelé hier et nous avons évoqué ce moment triste de l'année.

Je continue de regarder chaque dimanche les séries de Muriel.

Le matin, je me suis rendu pour la troisième année consécutive au forum des associations sans rien trouver qui me convienne.

Demain, je dois téléphoner à Philippe, ce que nous faisons quatre fois par an environ.

15 septembre

J'ai décidé que le *journal* 2019 : « Emma » serait le dernier, car je n'ai rien d'intéressant à dire, à peine cent page au mois de septembre. Mon petit fils Lohan a été hospitalisé le mercredi 12 en pédiatrie à Montélimar, pour en sortir le lendemain jeudi 13. Il avait une gastroentérite depuis samedi, en fait après coup, le diagnostic serait une salmonellose. J'ai contacté mon ex-femme pour l'occasion, mais elle ne m'en a pas appris plus et j'ai eu le sentiment de la déranger, elle dînait avec Lucas.

Hier samedi, j'ai été fort contrarié que mon blog « Mes actrices et chanteuses » soit HS, on ne peut plus mettre de photographies, et je comptais en mettre plusieurs d'Emma. Sous prétexte que c'est gratuit, je n'ai aucun recours, aucun interlocuteur. Des années passées à enrichir ce blog et hop, je me retrouve le bec dans l'eau. Ce matin, le problème n'est pas rétabli. Au début, j'ai pensé que cela provenait de mon nouvel ordinateur, mais le problème est général. J'ai pu contacter quelqu'un d'autre qui a un blog « Centerblog » » et la personne ne peut plus mettre d'images non plus.

Il me semble que c'est arrivé une autre fois et que cela s'était rétabli, en tout cas il est hors de question que je recommence tout à zéro ailleurs.

C'est la semaine de mon soixantième anniversaire, ma fille ne viendra que le dernier week-end de septembre, il va se faire en catimini mardi. J'ai comme cadeau un téléphone portable que j'ai déjà dû acheter, l'autre étant inutilisable après la chute en vélo du 13 juillet.

A 60 ans, je me sens vieux. Depuis la chute à vélo, j'ai une sorte de rhumatisme ou d'arthrose et dois prendre (à vie ?) de l'aspirine.

Ma mère m'a confirmé qu'elle ne pouvait plus lire mon journal, « L'année blanche », elle n'y voit plus assez. Mon journal « Emma » sera lu par Philippe, ma cousine et un ami connu sur Facebook. Ma mère est très perturbée par ses troubles de vision.

Ce matin, Philippe m'apprend par mail la mort d'une collègue de travail suite à une crise cardiaque foudroyante à 63 ans. Quelqu'un qui voulait prendre sa retraite à taux plein à 67 ans, cela fait réfléchir.

Hier, pour en savoir plus sur mes droits à la retraite, j'ai voulu contacter Alain J. qui est parti à 64 ans l'an dernier à pareille époque. Il m'avait invité à son pot de départ mais je n'avais pu m'y rendre en raison des gilets jaunes et de leurs barrages. J'ai connu Alain en faculté de droit en 1978, il était en Deug deuxième année, mais durant nos années de travail à la MSA, nous nous sommes peu fréquentés. Il m'avait acheté mon livrre « Muriel Baptiste, la reine foudroyée ». J'ai laissé un message sur son répondeur, et je viens d'avoir une conversation avec lui qui m'a rassuré sur mes droits à la retraite.

Je me suis fais du soucis durant des mois avec SFR pour avoir la RAI, la chaîne italienne. Je l'ai enfin et peux jeter un coup d'œil régulièrement sur les émissions transalpines Mais je manque de temps pour tout, le travail me dévore cinq jours sur sept, avec des conditions qui se sont dégradées au fil des ans.

A l'aube de la soixantaine, je ne vois pas l'avenir en rose.

20 septembre

J'ai acheté une voiture hier, une Clio 4, qui me sera livrée en décembre, mais viens d'apprendre qu'Emma (qui donne son nom à ce *journal*) a annoncé être malade et devoir à partir de ce lundi se soigner.

Une fois de plus, je me faisais du souci pour des histoires d'assurance et matérielles et je prends la nouvelle comme une gifle. Je sais qu'Emma est une battante. De nombreux chanteurs italiens célèbres lui ont témoigné de la sympathie. Emma est devenu le sourire de ma vie, la lumière. Je ne supporterai pas de la perdre.

Déjà, Internet s'enflamme et parle de récidive du cancer, alors qu'Emma n'en a pas parlé. Elle annule un concert à Malte le 4 octobre et s'excuse auprès des fans qui ont réservé des hôtels et des avions.

La santé n'est pas une question d'âge, Emma a 35 ans. Elle a déclaré que « ce n'était pas le moment », puisqu'elle doit sortir un nouvel album et faire une nouvelle tournée.

Elle a écrit « Cela arrive, cela arrive et basta. Ce n'était vraiment pas le bon moment, mais dans certains cas, aucun moment n'aurait été le bon. A partir de lundi, je dois m'arrêter pour affronter un problème de santé.

Je vous le dis personnellement pour vous rassurer et ne pas créer des alarmes inutiles. Pour cette raison, je ne serai pas présente à Malte pour le concert de « Radio Italia » que je remercie de sa prompte compréhension.

Inutile de vous dire l'immense tristesse que j'ai pour tous les fans qui ont dépensé de l'argent en avion et hôtel pour aller à Malte me soutenir. Vous n'avez pas idée de combien m'aurait plu d'être sur cette scène et de chanter pour vous. Je promets que je reviendrais plus forte qu'avant. On a trop de belles choses à vivre ensemble. Maintenant, je règle cette histoire une fois pour toutes et ensuite je reviens vers vous.

Merci et soyez vraiment sereins.
Tout ira bien.
Emma.

Elle ajoute sur son compte Instagram une citation de John Lennon : "La vie est ce qui t'arrive quand tu es tout concentré à faire d'autres projets".

21 septembre

Comme il fallait s'y attendre, rien de nouveau aujourd'hui si ce n'est des témoignages de fans toujours plus nombreux.

J'ai appris que l'expression « In bocca al lupo » veut dire « Bonne chance ». Je ne comprenais pas que tant de fans d'Emma lui disaient « Dans la bouche du loup ».

Ils lui disent aussi « Sei una roccia », « Tu es une roche », mais roccia a un double sens, car cela veut dire aussi « rock ».

22 septembre

L'attente est insupportable, même si hier Emma s'est montrée en public à Milan, cherchant à rassurer ses fans. On a surtout vu deux photos où elle marche dans les rues de la grande ville, mais ce matin, nous avons droit à la courte vidéo dont sont extraites ces photos. On y voit Emma descendre d'une berline entourée de gardes du corps. Lunettes noires, manteau beige ouvert, sac à main, elle semble assez sereine. Elle doit comprendre que tous ceux qui l'aiment ont peur.

Je me serai bien passé de remplir les pages de ce journal précisément appelé « Emma » de telles nouvelles.

Il me tarde de la savoir en bonne santé et sortie d'affaire.

Mes voisines continuent à faire du bruit et je vais saisir le défenseur des droits et la mairie de Valence.

Le 15 septembre, je parlais d'un rhumatisme, combattu avec de l'aspirine, toujours présent, mais la maladie d'Emma a fait passer cela au second plan.

23 septembre

J'ai pensé à Emma toute la journée sans rien apprendre de plus, et j'ai envie de pleurer. L'attente va être le plus difficile.

La télévision italienne qui nous assomme avec les 70 ans de Bruce Springsteen va me le faire détester.

Hier, David m'a téléphoné à 15h00 et pour un peu plus de cinq heures. On a parlé d'Emma sur Rai Uno, j'ai pu revoir la séquence sur Internet, la chanteuse Elodie Di Patrizi, avec laquelle elle est plus ou moins fâchée, est venue en parler. Emma avait dit qu'elle voulait prendre ses distances avec cette fille qui a assuré ses premières parties, si je me souviens bien. Elle faisait partie des trois personnes dont Emma ne voulait plus entendre parler : son ex Stefano di Martino, la bimbo Belen Rodriguez qui lui a volé Stefano, et cette Elodie. Mais dans ces circonstances, Elodie lui a souhaité de vite guérir.

Enormément d'artistes italiens se manifestent pour dire bonne chance à Emma, que l'on dit « battante », « Lionne », « Guerrière » face au cancer. Je me souviens d'Allessandra Amoroso, de Nek, Giorgia, Loredana Berté, Laura Pausini, aujourd'hui le réalisateur Gabriele Mucchino qui lui a fait faire ses premiers pas de comédienne, et d'autres que je ne connais pas.

Elle a voulu nous rassurer, nous les fans, et semble confiante. Beaucoup de fans prient, mais pour triompher du crabe, je compte avant tout sur les médecins et sur Emma elle-même.

Après tout, des fans l'ont vue à Milan hier, elle sourit, ce qui est de bonne augure. Elle leur a dit « Soyez tranquille, calmes et tranquilles, je suis tranquille, vous soyez tranquilles ».

On va tâcher d'obéir à la déesse Emma même si c'est difficile.

24 septembre

Nous avons eu quelques nouvelles aujourd'hui. Un dirigeant de groupe facebook dédié à Emma prétend qu'elle a été opérée, mais ne cite pas ses sources. Les messages sont toujours nombreux, mais certains appellent à un peu de mesure.

En effet, sur les réseaux sociaux, c'est l'hystérie. Cette abrutie de Paola Turci, chanteuse sur le retour, a déclaré « E andato tutto bene » (« Tout s'est bien passé ») avant de s'excuser, disant qu'elle avait créé une confusion, parlant d'un problème personnel. Tout le monde se réjouissait déjà, et un peu tôt, pensant qu'elle parlait d'Emma.

Brève interview de Francesco Cognetti, célèbre cancérologue sur TG1 1, aux actualités nationales de la télévision, RAI, qui est serein. Donc le doute sur le cancer n'est plus permis. Il dit qu'elle est très réceptive aux traitements et que la chirurgie peut jouer un rôle fondamental, il lui souhaite une prompte guérison. C'est la nouvelle la plus sérieuse de ce jour. Toutefois, Cognetti ne soigne pas Emma et l'interview est considérée comme une gaffe de TGI car elle parle de cancer et Emma ne l'a pas fait.

On ne peut guérir un cancer en quelques heures, il faut bien avouer que les fans sont impatients et il faut laisser un peu de temps pour avoir des nouvelles fiables.

Matteo Salvini a fait taire quelques charognes souhaitant la mort d'Emma disant que devant la maladie, il souhaitait la guérison de la chanteuse et irait même à un de ses concerts, faisant abstraction de ses idées.

Emma n'a pas que des amis, mais laissons les cons parler, ils ne méritent pas qu'on leur accorde de l'attention.

25 septembre

Aucune nouvelle aujourd'hui.

L'attente est insupportable.

Les seules nouvelles fiables peuvent venir de la manager d'Emma, Francesca Savini, ou de la famille, ou d'Emma elle-même.

Même au bureau, je guette facebook toute la journée.

Pas de nouvelles aux journaux télévisés de la RAI aujourd'hui.

Emma, je t'aime, reviens vite, guéris vite, tu es le soleil qui illumine ma vie.

26 septembre

Je ne suis pas le seul à m'angoisser. Le silence absolu depuis lundi de la part de la famille et de la manager n'est pas rassurant.

Emma nous a dit de ne pas nous inquiéter, mais tout le monde est inquiet.

Difficile aujourd'hui d'avoir des nouvelles avec mon portable submergé de témoignages de sympathie suite à la mort de Jacques Chirac dont je me fiche complètement.

Je ne pense qu'à Emma.

On ignore si elle a été opérée, si elle suit une thérapie.

J'ai eu mon cours d'italien avec Carlotta, à la maison pour tous Basse Ville, elle connaît Emma Marrone, et m'a demandé si j'aimais Allessandra Amoroso. J'ai cité

Baglioni, Battisti, Morandi, Di Capri, Ramazzotti. Elle ne connaît aucune chanson de Peppino di Capri. J'ai dit avoir fait un voyage à Rome en septembre 1980 et être passé dans la gare de Bologne un mois après l'explosion causée par un attentat d'extrême droite, Carlotta a dit qu'à l'époque, elle n'était pas née.

Emma, je t'en supplie, reviens vite.

27 septembre

Emma ne communique toujours pas sur son état de santé, ce qui alimente deux types de rumeurs.

Celles pessimistes, hier sur Facebook, des fans ont comparé sa situation à celle de la journaliste Nadia Toffa, morte le 13 août à 40 ans après une lutte contre le cancer découvert le 2 décembre 2017. Celle-ci communiquait sur sa santé, et le jour où elle ne l'a plus fait, elle est morte peu après. Sauf que Nadia Toffa avait une tumeur au cerveau, cancer autrement plus grave que celui d'Emma.

Certains fans en veulent à Emma de les laisser dans l'ignorance, alors qu'elle aurait donné (au conditionnel) des nouvelles à ses confrères chanteurs Tiziano Ferro et aujourd'hui Vasco Rossi.

D'un autre côté, plus optimiste, un cancérologue célèbre (ils disent un « oncologue », mot hypocrite tellement le cancer fait peur), Francesco Cognetti, de l'institut national Reggia Elena, médecin dont j'ai déjà parlé, donne des précisions sur ce qui arrive à Emma : une tumeur non maligne, elle aurait une néoplasie, une sorte d'excroissance de chair pour laquelle elle supporterait bien les traitements.

Sans que l'on en soit sûr, l'album annoncé pour la fin d'année sortirait au printemps, et pour ses dix ans de carrière, elle ferait un unique concert à Vérone ensuite. J'avoue que pour moi, Vérone semble loin, je préférerai la voir à Turin ou Milan car j'y vais en voiture avec mon ami Philippe.

Le sixième album s'appellerait « Io sono bella », information qui me surprend, il aurait le titre d'un single sorti le 6 septembre 2019 ?

Je ne retrouve plus l'article. Je ne sais si je l'ai trouvé avec Google ou Facebook. Un autre article plus imprécis dit qu'Emma reviendra vite et fera après son nouvel album une longue tournée comme d'habitude, mais là, il s'agit de pures spéculations.

Voilà où nous en sommes en raison du silence total d'Emma, J'avoue ne pas accorder plus de crédit aux rumeurs optimistes que pessimistes. On ne sait rien du tout, point final.

Je n'en veux évidemment pas à Emma, dont je réalise plus encore aujourd'hui qu'au concert de février ce qu'elle représente pour moi.

Attendons...

28 septembre

11 h 13

Message d'Emma de son compte Instagram repris partout, avec une photo

Ho finalmente tolto questo braccialetto ma lo conserverò per sempre, è stata dura...ma è andata!
Ho bisogno del tempo necessario per recuperare le forze ma credetemi non vedo l'ora di tornare da tutti voi, e lo farò al più presto.

J'ai finalement enlevé ce bracelet mais je le conserverai toujours, cela a été dur mais ça va. J'ai besoin du temps nécessaire pour récupérer mes forces mais croyez moi, je ne vois pas l'heure de revenir parmi vous, et je le ferai au plus vite.

Mando un bacio a tutte le persone che hanno avuto un pensiero per me e ringrazio per tutto l'amore che ho ricevuto e che mi ha dato la spinta a combattere con più forza e coraggio del solito.

J'envoie un baiser à toutes les personnes qui ont eu une pensée pour moi et je remercie pour tout l'amour que j'ai reçu, qui m'a donné la poussée pour combattre avec plus de force et courage que d'habitude.

Mando un bacio molto più grande a tutte quelle persone che ancora non possono smettere di combattere: Tenete duro, io sono con voi!

J'envoie un baiser plus grand à toutes les personnes qui ne peuvent encore en dire autant et continuent de combattre (la maladie) : Tenez dur, je suis avec vous !

La serenità sta pian piano prendendo il posto della paura...
Piango di gioia finalmente!
Vi voglio un mondo di bene♡
EMMA

La sérénité est en train peu à peu de prendre la place de la peur, je pleure de joie finalement, je vous aime grandement

EMMA

Voici une meilleure traduction proposée sur le site RTL :

EMMA MARRONE A POSTÉ DES PHOTOS SUR INSTAGRAM, C'ÉTAIT DIFFICILE MAIS ÇA A MARCHÉ

28 septembre 2019

Les mots de la chanteuse: "J'ai finalement enlevé ce bracelet mais je le garderai pour toujours, c'était dur ... mais c'est parti!"

"J'ai finalement enlevé ce bracelet mais je le garderai pour toujours, c'était dur ... mais c'est parti!" Avec ce commentaire, Emma Marrone a publié sur Instagram l'image d'un bracelet hôpital classique détaché de son poignet, conclusion positive du problème de santé pour lequel elle avait arrêté son activité artistique, en l'annonçant sur les médias sociaux avec une polémique. "J'ai besoin de temps pour retrouver mes forces, mais croyez-moi, je suis impatient de vous répondre. Je le ferai dès que possible - continue Emma aujourd'hui - j'embrasse toutes les personnes qui ont pensé à moi et je les remercie. pour tout l'amour que j'ai reçu et qui m'a donné l'envie de me battre avec plus de force et de courage que d'habitude. J'envoie un baiser beaucoup plus grand à tous ces gens qui ne peuvent toujours pas arrêter de se battre: Attends, je suis avec toi! La sérénité prend peu à peu la place de la peur ... Je pleure enfin de joie! Je veux un monde de bien ".

Dans un autre article, elle souligne sur « Lettoquotidiano.it » : « J'ai eu peur, la foi en Dieu est mon arme ».

Emma, je respire enfin aujourd'hui et je t'aime. Quelle horrible semaine, de vendredi 20 à ce samedi 28. Neuf jours d'angoisse.

Rien ne sera jamais comme avant, car j'ai bien cru que j'allais te perdre. Encore une fois, quand j'ai décidé d'appeler ce *journal* « Emma », je ne pensais pas que surviendrait cette maladie.

29 septembre

Ma fille et mes petits enfants sont venus fêter mon anniversaire. Ils sont arrivés à 12h50 et partis à 17h25. Nous avons longuement laissé ma mère pour nous promener le long des canaux de Valence en quête des canards. A l'intérieur, ils ont tendance à perdre patience.

Ma fille m'a paru surtout préoccupée par l'incendie de Rouen et la pollution, et nous n'avons abordé aucun sujet personnel. Je ne lui ai pas dit ne pas m'être occupé de la pollution, n'ayant en tête qu'Emma, dont je n'ai pas du tout parlé, elle n'aurait pas compris.

Comme cadeau, j'ai eu 50 euros pour mon dernier téléphone portable, une médaille de 60 ans, une carte humoristique sur la soixantaine, un stylo avec une gravure "Mon grand père"et un magnet.

J'apprends, mais est-ce vrai, quelques informations sur la santé d'Emma par Facebook, mais il s'agit d'éléments non officiels, à prendre donc avec précaution.

Du journal « Di più »

Elle a été opérée à Bologne lundi 23 septembre.

Un mois de convalescence l'attend, qu'elle passera chez ses parents.

Cet été, Emma n'était pas bien. Elle a eu un fort élancement à l'abdomen à tel point qu'elle a dû être hospitalisée deux jours.

Elle l'a cachée à son père probablement pour ne pas le préoccuper, même si ensuite il l'a appris.

D'un autre journal, article du journaliste Stefano Faticoso.

L'année passée, elle a annoncé avoir fait congeler un ovaire pour un jour avoir un enfant, à présent, avec cette nouvelle opération, ce choix démontre de la sagesse. Et maintenant son désir, après ces jours de cauchemar, elle pourra le réaliser.

Je prends avec précaution ces informations qui sont des photocopies d'articles de journaux à scandale reproduits sur Facebook.

J'espère en savoir plus avec des journaux plus sérieux.

Emma je t'aime et ce que j'apprends m'affole, ne te crois pas invulnérable, mon voisin le pensait et il en est mort.

30 septembre

Les lundis se suivent et ne se ressemblent pas, heureusement. On sait dans quel état j'étais la semaine dernière en raison de l'état de santé de ma chère Emma.

Il semble incroyable, merveilleux, de la savoir à peine une semaine après son opération en convalescence chez ses parents.

Dieu te garde Emma. J'ai vraiment eu très peur. J'ai pu commander l'hebdomadaire « Gente » où tu fais la couverture.

Je ne le dirai jamais assez désormais, Emma Marrone, je t'aime. J'ai hâte de te revoir en concert.

Après l'annonce du 20 septembre, je ne pensais pas si rapidement respirer et parler d'avenir, en matière de concerts te concernant.

Un mois de septembre que je ne suis pas prêt d'oublier.

1ᵉʳ octobre

Les jours passent et le bonheur ne se dissipe pas. Emma est en convalescence et a échappé au pire, depuis samedi matin, nous savons que le cauchemar est terminé.

On ne se lasse pas du bonheur.

2 octobre

Grosse dispute au bureau entre deux collègues, Eléonore et Yves. Cela s'est terminé dans le bureau de la supérieure hiérarchique.

Moi, sur mon nuage, je ne pense qu'à ma chère Emma et ne veux plus me prendre la tête avec des bêtises. J'ai fait venir une entreprise pour démonter mon rafraîchisseur d'air, service promis par le gardien qui en est à son troisième manque de parole et auquel je ne demanderai plus rien. Il s'en va en retraite en fin d'année. Je ne perdrais pas mon temps à lui garder rancune, je préfère passer toute mon énergie et mes pensées à aimer ma chère Emma Marrone.

3 octobre

La nuit, je fais des cauchemars sur Muriel Baptiste.

Quand je me réveille, je réalise qu'Emma est en bonne santé, a été sauvée par son opération, et je trouve mes jours plus beaux que mes nuits.

La journée a été pénible aux bureau avec des appels téléphoniques stressants.

A mon cours d'italien, Carlotta Zatta, m'a reproché de ne pas lui avoir répondu à un SMS, effectivement, dimanche, elle m'a écrit concernant Emma, mais ma fille ne communiquant qu'avec Messenger, j'ai tendance à zapper les SMS.

Dimanche à 9h36, Carlotta m'a écrit : « Ciao Patrick ! Come stai ? Ho letto nelle notizie che Emma Marrone ha tolto il braccialeto dell' ospedale. Allora ho pensato di scriverti ! Buona domenica, a giovedi ! » (« Salut Patrick, comment vas-tu ? J'ai lu dans les nouvelles qu'Emma Marrone a ôté le bracelet de l'hôpital. Alors, j'ai pensé à t'écrire ! Bon dimanche, à jeudi ». Je me suis confondu en excuses.

Une nouvelle élève de 84 ans est venue s'inscrire ce soir et a été particulièrement pénible, monopolisant la parole. Ensuite, quelques soucis au parking du parc Jouvet, mon billet a été avalé et j'ai dû me débattre pour me faire comprendre et pouvoir payer et sortir, l'appareil ayant avalé mon ticket et à l'heure qu'il était, il n'y avait plus un chat.

Bon, je me suis sorti de ces déboires qui ne sont rien à côté ses problèmes de santé d'Emma.

Carlotta Zatta m'a dit qu'elle espérait que cette dernière soit maintenant guérie.

4 octobre

Le site du magazine « Oggi » montre Emma, semble-t-il après son opération, faire du shopping dans des magasins milanais. On l'y voit choisir des jeans, des blousons et manteaux. Mais je n'ai pu clairement établir quand les photos ont été prises, elle est censée se reposer chez ses parents, Maria et Rosario.

Aucune autre nouvelle d'elle aujourd'hui.

6 octobre

Tout d'abord, il n'y avait aucune nouvelle d'Emma aujourd'hui, puis sur son compte Instagram, elle a donné un signe de vie : une tasse de café. On ne voit pas son visage.

Le monde est rempli de haine, je me suis fait insulter sur le propre compte d'Emma (sur Instagram) par une abrutie qui dit que la chanteuse n'a cherché qu'à se faire de la publicité. Mais j'ai été défendu.

En revanche, les choses semblent bloquées sur Wikipédia. Je n'ai pas cité mes sources et enfreint leurs règles à la noix. C'est une vraie secte. Pour que cela m'affecte autant (je ne peux plus enrichir la page française d'Emma sur Wikipédia), il faut vraiment que je n'ai rien d'autre à faire.

8 octobre

Tout le monde au bureau est bouleversé car Elsa D. venue de Perpignan n'est pas titularisée. Nous l'avons su hier. Elle a réussi aujourd'hui à faire scolariser ses enfants de nouveau à Perpignan. Son mari est graphiste et travaille à son compte. Ils déménagent à nouveau pour retourner chez eux.

Sur Instagram, j'ai cru comprendre qu'Emma serait en vacances. J'avoue que je ne pense qu'à elle en ce moment, elle est le centre du monde. Demain, je me rends à Viviers chez ma fille.

Viviers, 9 octobre

Avec Lucas, nous avons vu notre 24ᵉ film commun, il s'agit d'un remake en images de synthèse du « Roi Lion ».

Je n'aurais pas du rester le soir à dîner, je suis rentré tard et fatigué.

La journée cependant s'est bien passée alors que je partais plutôt anxieux.

Valence, 11 octobre

Cela devient atroce, insupportable, de ne pas avoir de nouvelles de la santé d'Emma, certains lui prédisent le sort de la présentatrice Nadia Toffa.

Nous avons fait un repas d'adieu dans un restaurant italien avec Elsa et des collègues de travail.

Je suis tellement tourmenté par la maladie d'Emma, et son silence, que tout ce qui se passe dans mon entreprise m'est presque égal.

La vie n'a plus aucun intérêt si Emma ne s'en sort pas.

Voici ce que je publie sur le blog franco italien qui débute aujourd'hui :
14 février 2012 : Le festival de San Remo commence et Emma, que je connais pas, chante "Non è l'inferno", je

prédis immédiatement que cette chanson très mélodique va gagner le festival. L'histoire m'a donné raison et j'ai découvert ce jour là une des passions de ma vie, Emma Marrone.

J'étais chez ma fille à Tulle le soir du 10 mai 2014, avec elle nous avons regardé Emma chanter "La mia città", et être à la 21e place. Emma ressemblait à une reine de l'antiquité, à une déesse.
Elle a eu une mauvaise place au classement, mais aujourd'hui, elle termine ses concerts par "La mia città".

Quand j'ai lu "Instagram" et ce qu'annonçait Emma, j'ai cru à un cauchemar. La même année, j'ai connu le bonheur de la voir le 26 février au Mediolanum forum d'Assago à Milan, de "la voir en vrai", chanter et donner le plus beau des concerts. J'étais aux anges. Le 6 septembre, elle sortait le single "Io sono bella" de Vasco Rossi prémices d'un sixième album et d'une nouvelle tournée, je m'y voyais déjà et voilà qu'un grave problème de santé (Emma a eu deux cancers de l'utérus en 2009 et 2014) vient arrêter ses activités. Dans le communiqué, elle ne dit pas ce qu'elle a, le lendemain elle se montre à des fans dans les rues de Milan pour les rassurer, le lundi 23 elle est opérée (semble-t-il à Bologne) mais ne dit pas de quoi. Le 28, elle nous montre son bracelet d'hôpital qu'elle a enlevé.
Tant qu'Emma ne sera pas revenue en personne nous dire qu'elle va bien et qu'elle reprend la scène, je ne vivrai pas tranquille.

12 octobre

J'ai écrit sur le blog :

En 2012, j'ai adoré "Non è l'inferno", puis "Cercavo amore" et j'ai acheté ses disques précédents : "Oltre" et "Sarò liberà".
"Amami" sort en 2013 et la chanson est différente, cela rappelle la variété italienne classique, c'est très différent de la chanson pop "Cercavo amore".
Mais rapidement, "Amami" devient un classique de son répertoire, et c'est la chanson que je choisirai pour la faire écouter en premier à quelqu'un qui ne connaît pas Emma.
Sur le DVD "Emma è live", elle la reprendra en italien puis en duo en espagnol.
Emma a du talent dans divers registres musicaux : les variétés ("Amami"), la pop ("Cercavo amore", "Io sono bella").

Quand est sorti l'album « Adesso » en 2015, pendant des semaines, après quelques écoutes, je n'ai pas aimé le disque. Cela semblait de l'électro-pop, qui m'a déconcerté.
Mais après l'avoir écouté ensuite, « Adesso » m'a plu, principalement les chansons « Occhi Profondi », « Arriverà l'amore », « Il paradiso non esiste ».

Malgré tout, « Essere qui » sorti début début 2018 me paraîtra meilleur, et je n'aurai aucune réticence à l'écouter en boucle.

« Adesso tour », dans l'édition « deluxe », propose un fabuleux DVD, où Emma n'a jamais été aussi belle et talentueuse.

Début janvier 2018 sort le fabuleux album "Essere qui", le cinquième de la carrière d'Emma. Immédiatement, j'adore les chansons, "L'isola", "Mi parli piano", "Effetto domino", "Sottovoce", "Malelingue", "Le ragazze come me", "Portami mi via da te", "Luna e l'altra", qui me semblent au niveau des chansons "Non è l'inferno", "Cercavo amore" et "Amami".

Plus qu'un nouvel album, cela ressemble à un best of. La même année, Emma sort une réédition avec le tube "Mondiale" et trois inédits, comprenant un livre autobiographique, "Boom Edition".

Emma fera deux tournées, 2018 et 2019, et le 26 février 2019, j'ai enfin pu la voir en live à Milan.

Sans aucun doute le plus beau concert que j'ai jamais vu.

Le premier album d'Emma est sorti en 2010 et s'intitule "A me piace cosi". Il est sorti en trois versions, l'édition standard, l'édition spéciale et l'édition Sanremo. Je l'ai découvert après "Non è l'inferno" et l'album "Sarò liberà". C'est l'album d'Emma que j'aime le moins. En fait, on ne retrouve la chanson "Calore" que sur l'édition spéciale, c'est le premier single de l'artiste, que l'on peut se procurer sur l'EP "Oltre". De ce disque ont été extraits

quatre single, "Con le nuvole", "Cullami", "Arriverà" (avec le groupe I Modà), "Io son' per te l'amore".
C'est le disque que j'écoute le moins. Je trouve qu'il n'a pas les qualités de ses albums suivants.

"Calore" est le premier single d'Emma et se trouve sur l'EP "Oltre". Lorsque quelqu'un commence à aimer les chansons d'Emma, il est indispensable d'écouter ce titre qu'elle chante toujours en concert où elle modifie cependant l'intonation, changeant l'air du refrain.
"Calore" ne figure pas sur le premier album de la chanteuse "A me piace cosi" (en dehors d'une édition qui regroupe "Oltre" et le premier album).
"Calore" est la marque de la singularité artistique du talent de la chanteuse Emma. Le titre permet d'apprécier ses qualités vocales, et c'est son premier succès. Elle en a vendu 30 000 exemplaires et devint disque de platine.

Le réalisateur Gabriele Muccino ("A la recherche du bonheur", "Sept vies") a fait tourner à Emma le rôle de l'épouse de Riccardo (Claudia Santamaria) dans le film "Gli anni più belli". Ce dernier a été tourné en 2019 et sortira en Italie en salles le 13 février 2020.
Dans son rôle, Emma est habillée en robe blanche de mariée.
Les autres personnages sont interprétés par Pierfrancesco Favino, Kim Rossi Stuart, Micaela Ramazzotti. Le film évoque la vie d'une bande d'amis de 1980 à aujourd'hui.

J'ai vu qu'était prévu un concert d'Emma (les billets sont en vente depuis cinq mois) en Allemagne, à Dortmund, salle Domicil, le 4 novembre 2019, qui est évidemment annulé.

Emma n'est pas connue en dehors d'Italie, et sans ses problèmes de santé, elle aurait fait son premier concert à Dortmund.

Il reste donc l'espoir d'une carrière internationale, même s'il est agréable d'aller exprès en Italie pour la voir.

13 octobre

Nouveaux articles sur mon blog.

Emma s'est rendue à Paris le 27 septembre 2018 à l'occasion du dîner de gala du défilé de la maison de couture Balmain. Elle l'avait déjà fait le 2 mars de la même année.

Emma est une fidèle de la maison de couture française créée par Pierre Balmain (1914-1982). Emma s'habille en Balmain pour les cérémonies officielles et pour ses concerts sur scène.

Depuis 2011, Olivier Rousteing est le directeur artistique de la maison Balmain. Pour l'accompagner en 2018 à cet évenement, il y avait l'équipe de Vanity Fair. Voici une photo d'Emma dans une création de Rousteing.

Emma s'est rendue à Londres donner un concert de 40 minutes le 8 octobre 2012 à l'auditorium Koko club. L'évènement s'appelait "Puglia sounds in London", de façon à faire connaître la musique des Pouilles à l'étranger. Elle a chanté "Volare" (Nel blu dipinto di blu) de Domenico Modugno e "America" de Gianna Nannini.

"Contro Copertina" sur Internet commente la photo mise par Emma sur le réseau social Instagram, où elle boit un café sur son lit, et sur laquelle on ne voit pas son visage, seulement une jambe. Emma n'a pas à ce jour confirmé que son opération du 23 septembre est relative à une tumeur (ce sont les autres qui le disent à sa place). Une amie à elle, Claudia Linciano, a déclaré qu'Emma a été opérée à Bologne et qu'à ses côtés se trouvaient ses parents venus d'Aradeo. Elle a maintenant un mois de convalescence chez ses parents. On ne comprend pas pourquoi Emma n'a dit que des informations partielles, laissant les rumeurs courir. Si vraiment Claudia Linciano était une amie d'Emma, on doute qu'elle le soit toujours après les déclarations faites au magazine "DiPiù". Attendons qu'Emma s'exprime, elle et elle seule.

Dans sa carrière, Emma a gagné le concours "Amici" (sorte de Star Academy italienne) le 29 mars 2010. Ensuite, c'est le triomphe de son premier single "Calore", en 2011, c'est son premier festival de Sanremo avec le groupe I Modà et la chanson "Arriverà". En 2012, elle gagne le festival avec "Non è l'inferno" et l'été connaît un autre succès avec "Cercavo amore". En 2013, avec l'album "Schiena" et le tube "Amami", elle commence à écrire et composer ses chansons.

En 2014, elle n'a guère de succès à l'Eurovision, mais se rattrape l'année suivante avec le quatrième album "Adesso" et surtout le single "Arriverà l'amore".

En 2018, son nouvel album "Essere qui" lui permet d'explorer de nouveaux territoires musicaux avec "L'isola", puis dans la réédition "Mondiale".

En 2019, après deux tournées pour "Essere qui", elle sort un titre rock signé Vasco Rossi, "Io sono bella".

Emma ne donne pas dans la routine musicale et se renouvelle sans cesse.

14 octobre

Articles du blog

"Quand tu as vraiment peur de mourir, tu deviens différent. Celui qui ne vit pas cette situation, même en se forçant, en pourra jamais comprendre. Tu es sur une autre planète parce-que la vie change complètement.

L'argent ne fait pas le bonheur, mais pourtant oui, parce qu'aujourd'hui, avec de l'argent, tu peux te permettre de te soigner dignement, et c'est une chose vraiment triste. Il te permet d'étudier, de t'améliorer et de vivre bien. Je le dis avec la lucidité de celle qui n'est jamais allée à

l'université car je ne savais pas à quel moment cela deviendrait un problème d'y rester.
Je suis quelqu'un qui ne triche pas : si je dois pleurer, je pleure, si je dois rire, je ris, si je dois prendre des risques, j'en prends, si je dois me battre contre un obstacle, je ne me dérobe pas"
Emma Marrone

C'est arrivé ce mois de septembre où le 20, tu nous as dit sur Instagram ce qui t'arrivait. A présent, nous sommes le 14 octobre, et sur toi, on trouve de fausses nouvelles, les gens et les journalistes inventent tandis que tu te soignes durant ta convalescence. Nous sommes tous impatients parce que nous t'aimons et aurions voulu que rien ne t'arrive. Tu es le soleil et l'on ne peut pas vivre sans le soleil. Nous devons apprendre la patience, nous n'avons pas le choix. Quand tu reviendras parmi nous, sur scène, à la télévision, enregistrera des disques, nous saurons que rien n'est jamais sûr, certain, acquis, parce qu'avec la santé, c'est toujours ainsi. Nous saurons que chaque jour qui passe, c'est une chance de t'avoir parmi nous.
Emma Marrone, reine Brown, tu es indispensable.

15 octobre

Articles du blog

Petit à petit, sur "Instagram", Emma donne des signes de vie. Après l'orage, elle revient lentement à la sérénité. Le fait de nous montrer qu'elle est en train de prendre le café, en nous livrant ses deux jambes, est un clin d'oeil aux fans (qui en Italie s'appellent "Marroncini").

Emma a accompagné la courte vidéo d'une chanson de Pauline Croze, "Jeunesse affamée". Comme un rendez vous. Elle se fait discrète mais montre une envie de revenir au moins égale à l'attente des fans.

Nous t'attendons, très chère Emma, prends tout le temps pour te reposer et nous revenir en forme.

Après la nouvelle annoncée par la chanteuse elle même de devoir renoncer un certain temps à la musique, Emma Marrone a été en capacité de s'exprimer encore sur Instagram. Elle n'a jamais dit de façon explicite de quoi elle souffrait, mais nous savons que la chanteuse est en période de convalescence après l'opération subie dans les derniers jours.

Reprenons un peu la chronologie de l'affaire, le 20 septembre, Emma a surpris tout le monde, en publiant sur Instagram un message dans lequel elle annonçait un arrêt des concerts afin de résoudre un problème de santé, disant qu'elle reviendrait bientôt. Inutile de dire que son message a jeté la consternation parmi ses fans qui ont tout de suite pensé à sa bataille contre le cancer il y a dix ans. On se souvient qu'en 2014, l'artiste des Pouilles s'était faite à nouveau opérée après avoir découvert que le mal était revenu.

Avançons ensuite dans le temps, une semaine après ce message, Emma a annoncé s'être fait opérée, affirmant d'être bien même s'il lui faudra encore du temps avant de revenir sur scène. C'est à ce moment là que sur Internet furent diffués des nouvelles qui relayaient des motifs différents concernant l'arrêt de la carrière de la chanteuse.

Certaines sources incertaines disent qu'Emma aurait découvert être malade cet été, durant des vacances avec des amis. C'est là que la chanteuse de Salento aurait eu de fortes douleurs à l'abdomen, au point d'aller aux urgences.

Après avoir fait des examens, on aurait trouvé que le mal était revenu et elle aurait choisi de se faire opérer à Bologne.

En fait, la convalescence d'Emma aurait débuté tout de suite après l'opération du 23 septembre et devrait durer un mois. On finit par établir que les collaborateurs d'Emma, ou du moins son équipe rapprochée, ont menti en alléguant que ces nouvelles étaient fausses.

Cela dit, tous les fans de la chanteuse peuvent être tranquilles et attendre qu'elle même dise exactement ce qu'elle a eu.

16 octobre

Articles du blog

Les fans depuis son opération du lundi 23 septembre à Bologne n'avaient pas revue Emma en dehors de photos prises ces derniers jours sur son compte Instagram, dans une chambre, sur son lit, où l'on ne voyait que son visage.
Nous la retrouvons aujourd'hui sortant d'un taxi, annonçant le concert qui se tiendra aux arènes de Vérone le jour de son 36e anniversaire à Vérone, où je serai. Avec des milliers d'autres.
Il n'est certes pas raisonnable, sortant d'une intervention chirurgicale délicate le 23 septembre à Bologne, au lieu de se reposer chez ses parents à Salento, de se déplacer à Milan. Ainsi, l'artiste fait taire les rumeurs les plus folles qui couraient sur le net, dues à l'anxiété des fans. Souhaitons lui maintenant de se reposer, son sixième album sort le 25 octobre et s'appelle "Fortuna" ("Chance"). Il lui en a fallu de la chance mais surtout de la force et du courage à notre Emma pour moins d'un mois après l'hôpital venir nous saluer. Soyons maintenant raisonnables et laissons là se rétablir.

Je serai au 8e rang à l'unique concert que donne Emma, à Vérone, le 25 mai 2020, jour de son anniversaire. J'ai réservé mon billet ce soir, et beaucoup de places sont déjà parties (les 8 premiers rangs).

Je suis content d'aller voir Emma, mais je lui demande de se reposer. Nous sommes rassurés, l'avons vue à Milan cet après midi, maintenant, il faut qu'elle se ménage après son opération.

"Je veux continuer à savoir accepter ce que la vie me réservera.
Et je veux m'étonner chaque fois pour chaque petite chose inattendue qui surviendra
Je veux la musique
encore et encore
pour toute la vie

Emma Marrone

17 octobre

Je suis très énervé ce soir : la batterie de mon Opel a lâché alors que je sortais à 18h00 du bureau, et j'ai ainsi raté mon cours d'italien.

Articles du blog

On a (presque) cru la perdre, on la retrouve avec un album et un concert, des visites dans les magasins de disques, Emma Marrone, nous devons chaque nouveau jour qui arrive féliciter la providence que tu sois venue au monde. Tu l'aides à être plus beau, les gens à être plus heureux, tu es unique et irremplaçable. Tu es le courage que je n'ai pas, tu es le talent qui enchante les oreilles, chaque jour avec Emma est un nouveau jour de bonheur.

Espérons un peu de sérénité. Après des jours d'anxiété, Emma, tu sembles revenir petit à petit à la vie tranquille et heureuse. Je te le souhaite, je me le souhaite. Je n'aurais jamais cru me rendre malade pour une chanteuse, sans doute parce tu es plus pour moi qu'une chanteuse comme un autre.
Ce soir, la voiture qui ne démarre pas, problème de batterie, en ce moment, je prends tout au tragique.
J'attends pour toi chère Emma des jours meilleurs.

Je t'aime Emma, encore un disque, le sixième album de ta carrière, avec le premier extrait "Je suis belle" du grand Vasco Rossi. C'est vrai que tu es belle, pas seulement physiquement, ton âme est belle, une personne comme toi ne devrait jamais connaître le malheur et la malchance. Tu as intitulé ton disque "Chance", tu as bien fait.
La chance, personne au monde ne la mérite autant que toi.
Emma, tu es une grande.

18 octobre

Articles du blog

Opérée le lundi 23 septembre, date que l'on n'est pas prêts d'oublier, comme le vendredi 20 (son annonce de maladie), Emma présentera le jeudi 24 octobre de 23h00 à minuit son nouvel album "Fortuna", la veille de la sortie. Espérons qu'elle ne se fatigue pas trop, la route de la convalescence est longue.
Elle sera en direct et interviewée par Manola Moslehi. Revenir en public lui manquait vraiment.

Emma depuis son compte Instagram nous salue le matin en buvant son café, mais jusque là, nous ne voyions que ses jambes et son lit, maintenant son visage.

Avec l'annonce de ta venue à "Radio Italia" le 24 octobre, ta vidéo à Milan sortant d'un taxi et présentant l'affiche du futur concert, nous réalisons Emma combien en ces jours tristes tu nous a manqué.
Ton absence aurait pu durer des mois. Tu t'es battue pour revenir, et tu l'as fait.
Nous attendons tous avec impatience le nouvel album "Fortuna" et le concert de Vérone le 25 mai.

19 octobre

Je suis aller manger au Buffalo Grill avec Yves A., un collègue de travail, le soir. Nous n'avons parlé que du bureau.

Peu de nouvelles sur Emma aujourd'hui. Il semble qu'il n'y ait plus de places disponibles à Vérone pour le 25 mai.

20 octobre

Emma continue de se montrer au réveil sur son compte Instagram, montrant petit à petit son visage.

21 octobre

Après un petit coucou sur Instagram où on ne la voit toujours pas, Emma a fait une vidéo pour Vanity Fair et commence à parler. Le journaliste demande à Emma ce qu'elle dirait comme mère si cela arrivait à sa fille.
"Je ne le sais pas, je mentirai, je le ne sais pas, je ne suis pas mère,
"Pour la première fois, j'ai vu ma mère petite. J'ai caché même à ma mère la douleur que j'ai ressenti vraiment. Après l'opération, je me suis levée du lit tout de suite, car pour moi il était plus important de montrer aux gens que j'aime que j'étais et demeurais bien". La maladie qui l'a obligée à s'arrêter. Le désir de revenir encore plus forte qu'avant. La peur, le défi, le courage. Emma

Marrone a donné à Vanity Fair son témoignage le plus important. On le trouve sur une vidéo sur Facebook anticipant l'interview du nouveau numéro de Vanity Fair qui sera en vente mercredi.

Je suis une combattante et j'ai toujours cherché à voir le verre à moitié plein, même dans les pires moments. Si cela m'est arrivé, cela arrive à tant de personnes, c'était le destin et puis il y aura un résultat positif, il y en a toujours un" La maladie qui l'a obligée à s'arrêter, le désir de revenir encore plus forte qu'avant, Emma a partagé cela avec Vanity Fair Italia (magazine), son épreuve la plus importante.

22 octobre

Emma se raconte dans le magazine « Vanity Fair ».

Tomber malade est toujours injuste, mais je n'ai jamais pensé « pourquoi cela m'arrive –t-il de nouveau ? Je me suis dit « C'est arrivé, je me soigne, je reviens, et cela s'est passé comme cela ». J'en ai parlé sur les réseaux sociaux parce que je devais aller chanter à Malte. Une manière de respect par rapport à l'argent des autres, car je me rappelle ce que signifie mettre de l'argent de côté pour aller à un concert et là, il y avait des personnes qui avait déjà dépensé pour me voir, j'ai parlé. Autrement j'aurais gardé le silence.

Silence qu'Emma Marrone a gardé en effet, après une annonce sur Instagram il y a un mois dans laquelle elle annonçait ne pas pouvoir participer au concert de Radio Italia à Malte et devoir s'arrêter pour affronter un problème de santé (la troisième opération en dix ans, elle en avait 25 quand en 2009 fut diagnostiqué un cancer à l'utérus).

Silence qu'elle rompt seulement avec « Vanity Fair », qui la met en couverture du numéro qui sort le mercredi 23 octobre, deux jours avant la sortie de son nouveau disque « Fortuna ».

« On m'a toujours décrit comme quelqu'un qui n'a peur de rien, c'est faux », dit la chanteuse dans l'interview du rédacteur Simone Marchetti et du rédacteur adjoint Malcolm Pagani. « J'ai eu peur, très peur. Pourtant, ce n'est pas la peur qui peut me causer le malheur. Cela n'a jamais été le cas (…) Je sais affronter le mal être physique et tout ce qui est lié à une maladie, mais j'ai peur des maladies et de la mort comme tout le monde, j'ai peur moi aussi. J'ai peur de chuter, de ne pas réussir à réaliser mes rêves, de rester seule, de ne pas être aimée, comprise, appréciée, par exemple pour ce nouveau disque. Je voudrais que ce soit une renaissance artistique et non l'album à encenser seulement parce que je suis malade.

A propos du titre, « Chance », Emma explique à Vanity Fair d'avoir une idée à contre courant sur le destin et le bonheur, et même sur les lieux communs de celui qui se bat et se rebelle contre la maladie. « Je n'ai jamais cru au destin ni à la poisse. La mesure de ta vie, c'est toi : c'est ta façon de t'en sortir, de résoudre les problèmes, des les affronter et qui te donne le résultat de ce que tu es vraiment. Il y a des gens qui ont toujours été chanceux, d'autres qui ont enchaîné les problèmes, mais ce ne n'est pas cela qui détermine ton bonheur. Ce qui fait vraiment la différence, ce n'est jamais ce que tu possèdes, et même chez ceux qui ont toujours été chanceux, j'en vois qui ne sont pas vraiment heureux ».

Maintenant, après l'opération, elle dit se sentir sereine, elle se hasarderait presque à se dire heureuse, après la découverte de la maladie au contraire "j'ai pleuré pendant deux jours parce que j'ai appris à m'en sortir tout de suite, mieux qu'en couvant la douleur, mais j'étais pessimiste. Je comprenais que la vie me privait d'une occasion. Aux médecins, je continuais de dire « Faites moi chanter au concert » « Vasco Rossi a écrit une chanson pour moi », « Ne puis je pas aller à Malte et être opérée après ? » Les médecins m'ont répondu que ce n'était pas le moment de prendre des risques. « J'ai dû l'accepter et j'ai compris une chose fondamentale. Qu'accepter ne signifie pas laisser bien faire toute chose ou attendre ce qui va t'arriver, mais construire ta propre sérénité. J'ai eu un problème de santé mais je ne l'ai ni combattu, ni repoussé. Je l'ai fait mien, l'ai digéré, me le suis fait glisser dessus. Je ne suis pas en colère et ne suis pas en train de combattre. Pour accepter une chose de ce genre, il est nécessaire d'avoir davantage de sagesse sur ce qui ne sert à rien de combattre. Accepter d'être de nouveau malade m'a aidée à arriver à l'opération sereine. Je suis entrée en salle d'opération avec le sourire et sortie de la même façon. L'opération ne m'a pas rendu mauvaise, je ne suis pas en colère contre la vie, au contraire, je suis reconnaissante à la vie ».

Sa gratitude, elle l'explique à Vanity Fair, vient entre autre chose que j'ai un travail qui me permet d'être riche et de pouvoir choisir les meilleurs médecins pour me soigner ». Mais c'est une consolation qui me rend triste : « Au lieu d'être contente, je pleure ». Parce que les gens dans les usines qui travaillent le triple de moi mériteraient d'être soignés de la même façon, et au contraire, ne vous moquez pas de moi, la médecine n'est pas la même pour tout le monde. Je vais souvent au « Bambin Jésus » voir des enfants, et j'ai côtoyé tant de malheurs : des parents qui ne peuvent se permettre un hôtel « b and b » et pour rester près de leurs enfants dorment dans leurs voitures. Voilà ce qui m'a fait vraiment mal pendant ces jours de soins, de faits et d'hôpitaux et de désordre émotif : ce n'est pas tellement dépasser cela qui m'est arrivé, mais penser à qui est obligé de tout sacrifier sans avoir rien. Je ne veux pas sembler démagogue, mais c'est la vérité ».

Emma qui le 25 mai fêtera aux Arènes de Vérone ses 36 ans et ses dix ans de carrière déclare être très touchée par les réactions à son annonce. Pour quelques personnes sur les réseaux sociaux, on m'a écrit tout et n'importe quoi « Tu es tombée malade car tu manges trop de viande », ou « Tu es tombée malade parce que tu as une vie trop dissolue ». Mais d'autres, et si nombreux, m'ont montré un amour infini et du respect : « Aucun de ceux qui m'aiment et des personnes qui viennent me voir en concert en faisant beaucoup de sacrifices ne m'a demandé ce que j'avais vraiment (comme pathologie). Mais simplement : « Comment vas-tu ? » C'est comme si mon public avait évolué avec moi, soit devenu mûr au même rythme et soit finalement devenu mon miroir. Aucune curiosité morbide, aucune demande indiscrète : seulement la joie de me voir de nouveau sur pied. D'autre part, de temps en temps, je rencontre le regard de pitié des autres et cela m'agace : je n'ai besoin d'aucune pitié. Mais de respect. L'autre soir, j'étais dans un restaurant, et une fille m'a offert un sourire très beau, qui signifiait : « Quelle merveille de te revoir et sourire avec tes amis. Parfois, le silence, c'est l'essentiel ».

Emma Marrone

26 octobre

Claire et Lohan sont venus à Valence, ma mère n'était pas contente qu'ils mangent au MacDonald mais s'est calmée quand ma fille est restée manger le soir. J'ai passé avec ma fille et mon deuxième petit-fils la journée au Parc Jouvet

Je suis inquiet pour Emma qui ne se ménage pas un mois après son opération et fait une mini tournée dite « Instore » des grands magasins de disques en Italie pour promouvoir son nouvel album « Fortuna ». Elle chante en se tenant le ventre à l'endroit où elle a sa cicatrice.

28 octobre

Hier, Emma est passé sur la chaîne RAI 2 à l'émission « Ma che tempo fa », elle n'avait pas la forme, elle est restée raide et sans bouger pour chanter « Io sono bella », a écarté les questions sur sa santé.

Elle dit ici et là qu'elle veut vite enregistrer un nouvel album. Cela me fait peur. Un nouvel album déjà ? Elle ne parlerait pas autrement si on lui avait révélé qu'elle n'en avait plus pour longtemps.

31 octobre

Il pleuvait beaucoup, ce qui n'a pas incité les enfants à venir chercher des bonbons pour « Halloween ». L'année 2016 fut en la matière une exception, sinon il faut remonter vers 2004 si je me fie à ma mémoire.

Cette année, la fête était en vogue, alors que pendant plusieurs années, en France, elle semblait disparaître.

La veille, je me suis rendu au commissariat pour une histoire de bruit de voisinage. Et ce 31, partait en retraite Jean B. avec lequel j'ai travaillé depuis 1984 mais qui, pour des différents syndicaux (c'est un militant CFDT) me faisait la tête, alors même que je ne suis plus moi-même à la CGT. Dans les rues de Valence, sous la pluie, j'ai croisé un retraité CGT, François A. Il pleuvait, nous avons échangé quelques banalités.

J'ai regardé en rentrant le remake 2018 de « Halloween » en DVD, puis en soirée, pour la huitième fois, « Cubby House », un film australien sur le diable.

1ᵉʳ novembre

Emma commence enfin à parler de sa santé, ce qu'elle a fait à sa rencontre à Bisceglie avec les fans, coupant ainsi l'herbe aux ragots de toute sorte. Sans jamais prononcer le mot, on comprend qu'elle a eu une récidive de son cancer. J'espère qu'elle va aller de mieux en mieux et que ce mois de septembre 2019 ne sera qu'un mauvais souvenir.

Articles du blog du jour

Depuis des semaines des nouvelles se suivent sur les conditions de santé d'Emma Marrone. Nouvelles qui à la croire, sont toutes des suppositions. L'envie de savoir quelque chose sur la chanteuse originaire de la région des Pouilles est énorme, au point que sur Internet, les moteurs de recherches indiquent que "Emma Marrone maladie" est ce qui est le plus souvent demandé. Et qu'une intervention de l'équipe de presse de la chanteuse doive faire taire certaines spéculations.
Les nouvelles sur la santé sont fournies par elle et seulement elle, et avec la franchise qui la caractérise depuis toujours, Emma a eu un dialogue direct et franc avec ses fans et les organes de presse pour faire taire les rumeurs et certaines spéculations.
En ce moment, le moment difficile dépassé, Emma Marrone est en tournée dans l'Italie pour présenter sa nouvelle oeuvre, l'album "Fortuna". (Chance). C'est la chance qu'au fond tout le monde lui souhaite. Lors d'une

étape dans les Pouilles, à Bisceglie, la chanteuse qui a commencé sa carrière dans l'émission "Amici" a parlé clairement. Et le peu qu'elle a dit a attiré l'attention des médias et de ses nombreux fans, en plus de ses collègues chanteurs qui récemment lui ont confirmé leur affection. "Je ne suis pas en forme à cent pour cent".
"Je suis fatiguée. Mon corps doit encore se reprendre et se laver des médicaments qui ont été nécessaires. Donc, je ne suis pas à cent pour cent comme je voudrais l'être" a dit Emma au cours de l'évènement. Egalement "L'amour des gens m'a remis sur pieds et tout de suite je voulais revenir en dépit de tous les pronostics". Mais malgré tout, elle a éclairci les choses : Je tiens ferme, je ne mollis pas".
Il n'est pas difficile d'imaginer le moment avec les fans présents et la presse locale, muets en train d'écouter, avec une grande préoccupation. Emma Marrone a ajouté : "Aux médecins j'ai dit, remettez moi sur pieds car je sors un disque, je ne veux pas le décaler et le promouvoir", concluant que "Je dois aller faire ce pour quoi je suis née : chanter pour les gens".

2e article

Il paraît qu'il n'y aurait plus de places disponibles pour le concert d'Emma aux arènes de Vérone, signe de son succès. Nous attendons avec impatience le 25 mai prochain pour la voir sur scène.

2 novembre

Message d'Emma sur Instagram repris sur le blog en français :
Je suis partie à 7h30 de Palerme
J'ai fait un bref mais intense ravitaillement à Rome
Et ensuite vous comprendrez pourquoi
Pour ensuite repartir à temps pour Milan
Maintenant j'ai une vision.
Mon lit.
Bonne nuit
Emma Marrone

2e article du jour :

Après une l'invitation à l'émission "Che tempo fa", Maria di Filippi a décidé d'inviter Emma aux studios de l'émission "Tu si que vales" pour présenter l'album "Fortuna". Diminuée par sa bataille contre le cancer, Emma Marrone est revenue plus forte que jamais, prête à escalader les hit parades avec son nouvel album. Le disque marque sa renaissance et a déjà été présenté au cours de rencontres avec les fans et à la télévision par le présentateur Fabio Fazio durant laquelle Emma est devenue le centre d'une gaffe involontaire de Fabio liée aux roses rouges (Ndl : elle déteste cela et dit que cela lui porte malheur).

Ce qui a le plus provoqué la polémique ces derniers jours est l'imitation faite par Emma de Belen Rodriguez. Durant une représentation "live", Emma a évoqué son ex-fiancé Stefano De Martino et en le faisant a imité l'accent particulier de Belen Rodriguez, comme le fait habituellement la célèbre imitatrice italienne Virginia Raffaele. Cela n'a pas été commenté par la danseuse ni le danseur (Stefano est danseur) mais quelques jours après, il y a eu un face à face entre Emma et la danseuse argentine.

L'émission "Tu si que vales" n'a pas été encore diffusée, mais comme les fans le savent, elle est enregistrée. La rencontre entre Belen et Emma s'est donc déjà produite et probablement été très crépitante. La confirmation en a été faite par Emma sur son compte Instagram où elle a déclaré avoir atterri à Rome pour un motif particulier. C'est à dire enregistrer l'émission de Maria De Filippi.

"Je suis partie à 7h30 de Palerme" a écrit Emma en publiant une photo de son lit au terme d'une journée bien remplie. J'ai fait un bref mais intense ravitaillement à Rome, et vous comprendrez pourquoi. Pour ensuite repartir pour Milan. Maintenant, j'ai la vision de mon lit. Bonne nuit.

Belen est restée silencieuse sans faire de commentaires ou d'anticipations, mais a préféré parler les histoires d'Instagram sur son père Gustavo Rodriguez. Elle a eu une discorde avec Stefano De Martino mais le beau fixe est revenu dans leur couple.

(Suite à des réactions négatives de fans sur le blog, j'ai décidé à l'avenir de ne plus aborder sa vie privée).

3 novembre

J'ai appris sur Internet ce matin la mort de Marie Laforêt à 80 ans. Je ne l'ai jamais aimée, mais le journal de 13h sur TF1 lui à peine consacré une minute, ce que je trouve anormal pour une vedette de la chanson et du cinéma qui a marqué son époque.

Article du blog :

Même si l'émission n'était pas en direct mais enregistrée, j'ai trouvé Emma en forme splendide à "Tu si que vales". Elle avait le sourire, a chanté "Io sono bella" avec énergie, chaleur et était "mordante". Elle a embrassé Belen Rodriguez. Emma est vraiment une personne généreuse, bonne, avec un grand coeur.

2e article :

Quand j'ai découvert Emma, la première soirée du festival de Sanremo 2012, elle m'a plu sur le champ. Je dois dire que je suis le festival pour Adriano Celentano, Gianni Morandi, Peppino Di Capri, Al Bano, Umberto

Tozzi, Alan Sorrenti, Eros Ramazzotti, Vasco Rossi, Renato Zero et beaucoup d'autres. Ces jours-ci, on a entendu des témoignages de grands de la variété italienne comme Eros et Vasco, Laura Pausini, Loredana Berté, Gianna Nannini mais pourquoi les autres ont-t-ils gardé le silence envers Emma ? Je ne comprends pas.

Message d'Emma du jour

Je suis très contente
Nous sommes en train de vivre des journées inoubliables
Je suis contente car vous aimez l'album "Fortuna"
Je suis contente que vous aimiez cette nouvelle façon de nous rencontrer partout en Italie et que cela vous plaise autant!
Merci de tout cœur à tous
Vive la musique ! Vive "Fortuna" (La chance)!
Je vous aime
Emma

4 novembre

Message d'Emma

La joie que j'éprouve est infinie.
Je n'ai jamais rien donné comme acquis d'avance dans ma vie et cette première place au hit-parade, j'en ressens la joie au plus profond de moi.

Merci "Fortuna", à peine sorti, tu me paies de tous mes efforts et de toutes mes nuits blanches.
Merci à ma famille Polydor Italie pour le soutien.
Merci aux producteurs Dardust, Luca Mattioni, Elisa Toffoli, Andrea Ringo Ringonat, frénétique, orang3fsu, et à tous les auteurs et musiciens qui ont collaboré à la réalisation de ce disque.
Une bise spéciale à Vasco Rossi et un remerciement particulier à Marson audio.
Merci à tous les amis de friendsandpartners.
Et à ma verocorno et talofaro.
Merci à tous ceux qui comme moi aiment "Fortuna".
Et à toutes les personnes qui m'ont choisie.
Je vous aime.
Emma Marrone

5 novembre

Article du blog

Emma parle de sa maladie mais dit qu'elle va mieux. "J'ai été vraiment malade. J'ai passé un mauvais moment, cependant maintenant je vais vraiment mieux, en réalité, autrement, je ne pourrais pas être ici avec vous ».

2e article

J'ai reçu et lu "Vanity Fair" et n'ai rien appris que je ne sache déjà sur Emma, sinon qu'elle est une personne juste, humble et fabuleuse.

Une grande partie de l'interview a déjà été reproduite sur les réseaux sociaux et l'on ne découvre rien d'inédit. J'ai ri en lisant que l'on ne doit pas filmer au restaurant Emma quand elle mange sans son autorisation, car alors elle se fâche et dit "Je deviens une bête, parce que je ne suis pas une guenon au zoo".

N'aies pas peur Emma, tu ne risques rien avec moi, j'ai trop de respect pour toi.

6 novembre

C'est le jour de mon entretien annuel au bureau avec ma responsable de service, à laquelle j'ai parlé d'Emma.
En 2006, à 18h00, j'apprenais le décès de Muriel Baptiste. Je suis sûr qu'elle aurait été contente qu'en 2019, j'aie retrouvé ma joie de vivre.

Message d'Emma du jour :

J'espère réussir à toujours vous prendre dans mes bras tous sans laisser de côté personne, j'espère ne pas vous faire de peine, et si cela arrivait, pardonnez-moi, parce que si c'est le cas, je ne m'en serai pas rendu compte et n'aurai pas voulu le faire volontairement.
Emma

Article du blog ce 6 novembre :

ROME. Emma Marrone a profondément changé suite à sa maladie. Déjà dix ans auparavant, quand elle a affronté pour la première fois le cancer, sa vie fut bouleversée. Puis, il y a quelques mois, elle a su qu'elle devait retourner en chirurgie pour une autre intervention délicate. Maintenant, elle est devenue hypocondriaque et vit constamment dans la peur de tomber à nouveau malade. Elle sait que ce sentiment ne la quittera pas et a appris à vivre avec.

Elle a raconté dans une interview donnée à "La Iene" (La hyène) durant la diffusion de sa dernière émission : "J'ai toujours peur de tomber à nouveau malade, c'est une peur qui ne me quittera pas. Je suis devenue un peu hypocondriaque mais je cherche à vivre au mieux ma vie".

Emma, 35 ans, a révélé comment on a découvert que le mal était revenu : "Je l'ai découvert durant une visite de contrôle et de là s'en est suivi toute une série de choses qui m'ont un peu déstabilisée, ils ont fait cependant que je me suis remise sur pieds le plus tôt possible".

Entendre dire qu'elle devait subir une nouvelle opération n'a pas été facile. "Je me suis effondrée et j'ai pleuré. Avec moi, il y avait ma manager et meilleure amie Francy (Francesca Savini), je le lui ai dit puis j'ai appelé mes parents. Ils sont restés choqués. Maintenant ma vie a changé totalement, je vis à cent à l'heure chaque jour de ma vie" a-t-elle conclu.

8 novembre

Message d'Emma du jour :

Emma à propos du concert de Vérone le 25 mai : "Ce sera l'anniversaire le plus beau que j'aurai jamais fêté. Je serai en forme resplendissante, j'aurai des cheveux plus longs et plus sains, je serai vêtue comme une reine, je serai très belle. Nous chanterons un tas de chansons ensemble puis à l'open bar"
Emma Marrone

Article du blog :

Emma semble avoir fini la tournée « Instore » de promotion. Maintenant, je l'incite à se reposer, après l'opération du 23 septembre. Elle a besoin de récupérer, de retrouver la forme à cent pour cent. Je lui demande de penser à sa santé avant tout, et nous nous retrouverons aux arènes de Vérone pour son concert, jour de son 36e anniversaire. Elle ne les fait pas, fait plus jeune, car elle mène une vie saine, elle vit comme une personne normale, comme les gens qui nous entourent et non comme une star.
On le note quand elle prend le train à la gare de Bologne : le succès ne lui est pas monté à la tête.
Reste toujours ainsi ma chère Emma.

9 novembre

Message d'Emma devant une photo à table dans un bar :

Le samedi matin au bar Gianicolo.
Les bonnes vieilles habitudes.
Emma

Article du blog :
Je précise qu'Emma parle trop vite, parfois je ne comprends pas ses réponses.
Question: Dis nous tout de suite comment tu vas?
Emma : Bien, merci
Q: Dis moi ton vrai nom
E: Emmanuelle Marrone
Q : Quel âge as-tu?
E: 35 ans
Q : Quel âge ressents-tu?
E : Dedans 16 ans mais parfois 68
Q : Née à ?
E : J'habite à Salento mais née à Florence
Q : Dis nous quelque chose en dialecte
E : Emma parle en dialecte
Q : Combien mesures-tu?
E : Un mètre soixante-deux.
Q : Oui mais sans talons hauts ?
E : Un mètre soixante-deux, tu n'es pas sympathique
Q : A que âge as-tu commencé à chanter?

E : J'avais 3 ans
Q : As-tu décidé quand tu arrêteras?
E : Non je n'arrêterai jamais
Q : Tu as vendu un million de disques
E : Cela fait beaucoup mais me fait plaisir car c'est difficile de vendre des disques
Q : Quand est sorti le dernier ?
E : Le 25 octobre
Q : Comment s'appelle-t-il ?
E : Il s'appelle "Fortuna"
Q : Est-ce vrai que le dernier est toujours le plus beau?
E : Oui parce que c'est celui que j'assume le plus
Q : Que fais-tu juste avant un concert ?
E : Je peux me concerter avec des collaborateurs
Q : Chante le dernier au hit parade
E : Io sono bella
Q : Te considères-tu belle ?
E : Je dirai que je suis mignonne
Q : Que changerais-tu chez toi ?
E : Je ne changerai rien
Q : Un jour tu auras recours à la chirurgie esthétique
E : Absolument pas
Q : "Io sono bella" a été écrit par Vasco Rossi, comment est Vasco en vrai ?
E : Sexy, intelligent et pur
Q : Tu es une grande imitatrice
E : Emma imite la voix de Vasco Rossi
Q : Mais tu as travaillé vraiment ?

E : J'ai fait la serveuse, j'ai fait la vendeuse, j'ai travaillé dans un magasin de vêtements, auprès de personnes âgées

Q : Si le futur ne va pas bien, as tu un plan B?

E : Je travaillerai jusqu'à ce que quelque chose arrive

Q : Aujourd'hui tu vas bien, mais n'as-tu pas peur de retomber malade?

E : Mais on ne me laissera jamais tranquille

Q : Comment as-tu découvert que tu étais malade?

E: Par une visite de contrôle, cela m'a déstabilisée

Q : Quand as tu décidé de révéler publiquement ta maladie ?

E : .... (Emma répond trop rapidement) Il y a des années pour inciter les femmes à se faire dépister

Q : Comment as-tu réagi à cette mauvaise nouvelle?

E : Dans ce cas là tu pleures

Q : La première personne à laquelle tu l'as dit?

E : Il y avait ma manager Francesca avec moi, et tout de suite après mes parents

Q : Que t on t il dit ?

E : Rien, personne ne s'y attendait

Q : C'est vrai que c'est toi qui consolait les autres ?

..... (Emma parle trop vite) A ce qu'il paraît, j'ai ce pouvoir

Q : Mais maintenant, ta vie a changé?

E : Totalement...Je vis à cent pour cent chaque journée plus qu'avant

Q : Tu n'as pas songé que tu avais parfois gaspillé du temps

E : Oui quelquefois

Q : Et tu fêteras ton anniversaire en public, où ?

E : (ironique) Aux arènes de Vérone pour quelques intimes (Emma plaisante)

Q : As tu couché pour réussir ?

E : Je ne l'ai jamais fait

Q : Qu'as tu acheté avec tes premiers gains?

E : J'ai acheté une auto à mon père car la sienne était très vieille

Q : Y a t-il une chanteuse qui te jalouse?

E : Il existe des gens qui me jalousent, mais ils ont du talent

Q : A quel âge as-tu fais l'amour pour la première fois?

E : A 21 ans

Q : Et la dernière

Bip bip bip (interruption volontaire du dialogue)

E : La dernière fois, je ne m'en souviens pas

Q : Tu es un peu icône gay

E : Cela me fait plaisir

Q : L'expérience homosexuelle que tu as eue ?

E : Aucune

Q : La dernière fois que tu es tombée amoureuse

E : Je suis toujours amoureuse

Q : As tu déjà été déçue en amour?

E : Oui

(.....) NDL : passage où cela va trop vite pour que je comprenne

Q : Tu as déjà trompé?

E : Non
Q : As tu été trompée?
E : Oui
Q : As tu pardonné?
E : Oui
Q : Es tu jalouse?
E : Non je ne suis pas une personne jalouse et possessive, je pense que c'est le problème
Q : As tu déjà surveillé le téléphone de ton compagnon?
E: Oui
Q : As tu eu confirmation
E : J'ai eu confirmation, je ne fais jamais les choses par hasard
Q : Quelle est la chose le plus belle que t'as écrit un fan?
E : Que je le faisais aller mieux dans les moments les plus difficiles
Q : Et la plus méchante que l'on t'ai écrite?
E : De mourir du cancer
Q : Ta dépendance ?
E : La cigarette

Ils font chanter à Emma l'hymne italien
(Je n'ai pas pu tout traduire, cela allait trop vite)

10 novembre

Article du blog :

Très belle et souriante, Emma Marrone répond à l'invitation de "Les hyènes" qui lui pose une série de questions gênantes sur le monde de la musique : "Dans ton travail, cela compte-t-il d'être belle? "Oui" répond Emma. "Une belle voix?" "J'espère encore dix fois plus" est la réponse d'Emma. "Un bon manager?" "Onze" répond encore Emma Marrone qui sur la presse people dit ensuite : "Je n'aime pas la presse people. Quand ils parlent de moi, je n'en suis pas à l'initiative". La chanteuse ensuite révèle que pour une chanteuse, c'est une satisfaction de gagner des émissions de télé réalité comme "Talent", "X Factor" et "Amici" et les concours comme le festival de Sanremo. Le journaliste de "Les hyènes" demande ensuite "Faut-il coucher pour réussir?" Emma "Je ne sais pas car je ne l'ai jamais fait". Elle répond qu'ensuite avec sincérité, en se référant à des gens qui l'ont fait pour avoir du succès "Si tu couches pour réussir, mais continues à ne pas avoir de talent, tu l'as fait seulement pour être baisée".

On passe ensuite à sa sphère privée. Emma qui est encore célibataire révèle avoir fait l'amour la première fois à 21 ans. Sur le fait d'être célibataire, la chanteuse dit : "Le problème est que l'on me trouve trop intelligente, ce qui fait un peu peur. Il est difficile de gérer des problèmes comme celui-là" dit la chanteuse. Emma ensuite révèle recevoir des avances tant d'hommes que de femmes, femmes qui sont attirées par les femmes. Puis l'on passe à des demandes plus intimes.

"Quand es-tu tombée amoureuse la dernière fois?" demande la hyène. "Je suis toujours amoureuse, cela dépend de la façon dont je me réveille le matin". - "As tu déjà pris un coup par amour?" "Oui évidemment, cela m'est arrivé deux fois, mais ensuite on s'en remet" dit-elle.

Ensuite, on passe au moyen de conquérir le coeur d'Emma. "Tu préfères une invitation à dîner ou au cinéma?" "A dîner" "Veste et cravate ou chaussures de gym?" "Je préfère veste et cravate" "Poitrine velue ou épilée?" "Velue mais pas trop". "Célèbre ou inconnu?" "Intelligent". "C'est lui ou toi qui paie l'addition?" "Lui paie, j'espère". "Et s'il demande de diviser l'addition?" demande l'envoyé de la hyène. "Je paie l'addition, moi seule, le remercie et le raye de ma vie à jamais". "Tu couches le premier soir?" "Si cela vaut le coup oui" dit - elle sincère. "Préfères tu qu'il ait une panne ou qu'il prenne du viagra?" "Je préfère une panne, car peut être qu'avec le viagra il sera malade. Une panne peut arriver et cela peut devenir sympathique comme situation".

On passe ensuite au chapitre de la trahison : "As tu déjà trompé un homme?" "Non" "As-tu été trompée?" "Je crois que oui" "Tu l'as démasqué" "Oui" "Tu as pardonné?" "Oui, absolument". Emma révèle ensuite ne pas être une personne jalouse et possessive même si elle a espionné le téléphone d'un fiancé.

Puis on passe au chapitre des fans. "La chose la plus belle que t'ont écrit les fans?" "Que je les fais se sentir bien et que je les aide dans les moments difficiles". Et la pire chose que l'on t'ai écrite?" "Que je méritais de mourir du cancer" conclut Emma.

11 novembre

Il y a eu un tremblement de terre à 11h52. J'ai senti les secousses dans mon salon, le divan bougeait, le lustre se balançait. Cela a surtout touché Le Teil où 300 maisons ont été détruites, 5.4 sur l'échelle de Richter.

J'ai appelé ma fille qui n'avait que des choses tombées par terre.

On se doute que ces jours-ci, j'ai délaissé ce journal pour ne me consacrer qu'à Emma. Elle va mieux. Je travaille beaucoup pour le blog italo-français qui lui est consacré, qui est plus lu que le sera ce journal.

A ce jour, le blog, compte 2707 visiteurs et 199 articles. J'ai parmi ce nombre traduit en français 58 chansons d'Emma.

Il se trouve à l'adresse suivante :
http://emmamarroneitalofrancese.centerblog.net/

Portes les Valence, 12 novembre

J'ai passé un moment exquis avec une jeune ostéopathe, Floriane B, fort jolie fille qui m'a mettre en slip et m'a fait des manipulations pour mes douleurs à l'épaule. Je crois que plus jeune, j'aurais été gêné (car je n'aurais pu dissimuler une érection !). Je dois la revoir dans trois semaines.

Je suis sur un nuage en ce moment car Emma est revenue et chaque jour se montre en pleine forme, donne de ses nouvelles, continue la promotion de son nouveau disque.

Emma est radieuse, on ne croirait pas que le 23 septembre elle a subi une douloureuse opération. Vivons le bonheur au jour le jour désormais.

Après ce qu'elle a annoncé le vendredi 20 septembre, Emma maintenant est revenue et je sais que chaque jour qui passe, elle est avec nous, pour chanter, nous émerveiller, elle fait tout pour nous faire rêver avec sa musique. Nous la voyons avec Renato Zero, Roberto Vecchioni, Luca Barbarossa, nous l'entendons dans les émissions de radio. Elle est chaque jour sur les routes et toujours souriante. Le soleil a failli s'éteindre, mais il a vaincu l'obscurité. Emma, chaque jour qui passe, je suis heureux de t'avoir. Merci d'exister.

Viviers, 13 novembre

Nous n'avons pas été voir de film avec Lucas mais fêté son 12ᵉ anniversaire. Ma fille gardant des enfants et travaillant, j'ai accompagné Lucas et Lohan à la rivière l'Escoutay, voisine de l'endroit où habite Claire. J'ai veillé Lohan comme le lait sur le feu pour qu'il ne fasse pas une chute sur les galets.

De mauvaises nouvelles sur Internet : Orange veut me supprimer mes mails, je paie pour une messagerie illimitée en nombre de mails. Or, ils m'avertissent ce matin par mail. Ils l'avaient déjà fait mais je n'avais pas pris la chose au sérieux car beaucoup de faux comptes utilisent le sigle Orange. En voulant leur téléphoner ce soir, il était vingt heures passées, ils étaient fermés. Ils ne perdent rien pour attendre demain à 11h30.

Autre vidéo surprenante : Emma est furieuse après ses fans et leur demande, tel Balladur jadis, de s'arrêter, plus exactement de « s'apaiser », après le bordel qu'ils ont fait hier, c'est le terme qu'elle emploie, en envoyant 18000 tweet qu'elle a trouvé à son réveil. C'est la première fois que je vois ma chère et adorée Emma en colère. Comme elle parle vite, et que le message est court, je ne comprends pas ce qui s'est passé, je l'ai demandé sur son groupe facebook, mais tel des ânes, les membres mettent la mention « j'aime » sans répondre. Je comprends l'italien mais pas quand il est parlé avec le débit d'Emma ce jour.

Ma mère m'a appris la mort de Raymond Poulidor à 83 ans.

Valence, 14 novembre

Il neige, une vraie galère, 15 à 20 centimètres dans les rues.

Emma hier voulait calmer les fans qui ont fait 18000 tweet contre Spotify qui ne reconnaît pas la première place du single « Io sono bella » et de l'album « Fortuna ». Spotify se base sur les ventes, et classe donc un autre artiste à la place d'Emma. L'incident vient du fait que des fans écoutent les versions gratuites (coupées de publicité) des enregistrements d'Emma.

Il a fallu que je trouve l'information sur la toile, avec « Google », sur Facebook, personne ne m'a répondu.

16 novembre

Nous avons réservé avec Philippe deux places pour le 5 octobre 2020 au Mediolanum Forum d'Assago où nous avons vu Emma le 26 février cette année. Ce sera la deuxième étape d'une tournée de neuf concerts en octobre 2020.

Emma avait laissé entendre que dès qu'elle serait en forme, elle ferait une tournée consécutive à la sortie de l'album « Fortuna ».

J'ai appris la mort d'Eric Morena d'un cancer à 68 ans.

Emma est passée aujourd'hui à l'émission « Verissimo », que j'ai pu voir sur Internet. Je n'ai rien appris de plus sur la nature de son opération.

17 novembre

Aucune nouvelle information d'Emma aujourd'hui sur la toile.

Fred Mella, le dernier des compagnons de la chanson, est mort hier à 95 ans.

20 novembre

Charlélie Couture sur Facebook.

Anecdote à vingt centimes.
RELAY Gare de Nancy. J'achète deux quotidiens à lire dans le train. Je reprends la monnaie que la fille pressée derrière son comptoir a jetée la fille dans la coupelle. Une pièce a giclé, puis est tombée juste à côté, dans la fente par où passent les câbles des machines. Surpris, je reste interdit. La fille me regarde intriguée par mon air baba, s'est

elle seulement rendue compte de ce qui s'est passé ? Je recompte ce qui me reste dans la main, et je dis :
« 20 centimes ».
Aussitôt, froidement, elle rétorque: « Oui et alors ? »
Ben quoi... rien, je sais que c'est seulement vingt centimes, Comme elle semble ne pas réagir, je bredouille avec un petit sourire gêné :
-Ma pièce... 20 cents, elle est tombée..., persuadé qu'elle va immédiatement m'en rendre une autre, auquel cas je m'apprête, grand seigneur à dire : « Non, non, laissez, j'en suis pas à 20 balles », mais au lieu de ça, non, elle feint de m'ignorer, tourne la tête, et s'adresse à un autre client en faisant semblant de ne pas entendre ce que j'ai dit.
Non mais quoi... c'est pas les 20 centimes, c'est le principe !
Eh, Jo, la moindre des choses, serait de faire : « oups, « pardon » « mille excuses, je suis maladroite... » n'importe quoi pour calmer le jeu,... Mais au lieu de ça elle en remet une couche
« Et alors ? C'est moi qui l'ai fait tombé me dit-elle avec arrogance...
Abasourdi, interloqué, je réponds : En tout cas c'est pas moi que je sache... Vous voulez regarder l'arbitrage de la vidéo de surveillance pour savoir qui a raison et qui a tord ? Allez redonnez moi la pièce et c'est réglé...
Elle n'a pas envie de s'embarrasser, alors elle continue de m'ignorer disant juste sans même tourner la tête :
- Je peux pas, c'est inaccessible... »
Alors ça m'énerve, c'est la meilleure. Pas même un geste pour essayer. Elle me jette comme une plume. J'imagine que ce n'est pas la première fois que ça arrive, vu que la fente de sa « tirelire » est juste à côté de la soucoupe où elle m'a jeté les pièces. Si elle ne fait pas plus d'effort pour les ramasser, il doit y avoir un trésor là-dedans.
Elle dit un truc incompréhensible de genre :
- C'est pas moi qui ai cassé votre voiture, alors voyez ça avec votre assurance.
Non mais, je suis vert. C'est pas les 20centimes, c'est

qu'elle se fout de ma gueule. Alors je m'échauffe et je lui dis, dans mon langage : « Dis donc, arrête de te moquer de moi, l'argent est dans ton meuble, alors tu prends le temps qu'il faut mais tu me rends ma monnaie... »
J'avoue qu'en disant ça, je me sens un peu crétin de m'énerver pour 20cents, mais j'ai à peine fini ma phrase que, la fille en remet un couche et en jouant la Duchesse et me dit : « Attention, restez poli, je ne vous ai pas tutoyé ! »
Je n'ai jamais compris en quoi le tutoiement était vulgaire ou impoli, je dis :
- J'imagine que tu n'injuries pas tes proches, je ne vois pas en quoi le tutoiement est injurieux ? »
Elle me regarde avec des yeux de veau : « Vous ne faites pas partie de mes amis que je sache, écartez-vous » me dit-elle comme on chasse une vieille mouche.
Alors j'ajoute : « Attention si je dis que je t'emmerde, là ce sera injurieux »
Et du tac au tac, la fille répond : « Moi aussi, je vous emmerde »
- Je réponds alors là le vouvoiement n'est pas injurieux...
Les autres clients s'en mêlent, ils commentent ce dont ils ne connaissent pas l'origine, et ne sachant pas de quoi il s'agit mais pre.
Elle fait une risette narquoise, genre « nananah ». Et j'ai juste le sentiment de m'être fait avoir. À la fois je sais que ça n'a aucune importance, mais aussi, je me sens vexé. Ce ne sont pas les 20 centimes, je te dis, je m'en fous de 20 centimes, c'est juste le principe.
Là dessus, le train entre en gare, et je lis le journal sur lequel sont rapportées des nouvelles autrement plus importantes. Il n'empêche que je me dis que certaines guerres, ou certaines bagarres certaines haines ou rivalités se déclenchent à cause de comportements aussi inciviles qe ceux de cette fille derrière son comptoir.
Fin de l'anecdote.

CharlElie

25 novembre

Hier et avant-hier à Milan, Emma participait au festival Vanity Fair 2019 habillée en véritable vamp. Elle ne se ménage pas après son opération. Hier soir, elle a chanté avec d'autres artistes sur la scène du Space Cinema Odeon. Elle a chanté « Luci blu », « Alibi », « Io sono bella »

Cela devient plus le journal d'Emma que le mien.

Les inondations ont fait des ravages dans le Var. La télévision montre des images effarantes.

Depuis vendredi après-midi et jusqu'à demain soir, je suis en arrêt maladie pour un problème de toux et de fièvre.

2 décembre

Emma est à Marrakesh et tourne aujourd'hui le clip de « Stupida Allegria », second extrait de son nouvel album. Elle a mis beaucoup de passages de son voyage et de son séjour sur son compte Instagram, avant d'en enlever une partie.

5 décembre

Immense frayeur ce matin. Ma mère a glissé de son lit au moment où je la levais. L'infirmier souhaite qu'elle se fasse hospitaliser ou à minima prévienne sa doctoresse, ma mère veut attendre lundi 9 pour prendre sa décision.

6 décembre

Emma est passée sur RAI 1 à 21h30 dans une émission présentée par Gigi D'Alessio, elle a chanté en duo avec lui une chanson napolitaine de Mia Martini, puis « Stupida Allegria » avec un groupe de danseurs, en fin d'émission, elle a été interviewée par l'animatrice, Vanessa.

8 décembre

Agréable journée d'anniversaire avec ma fille, mes petits enfants, ma mère, pour l'anniversaire à Valence de Lucas et Lohan. Nous sommes brièvement sortis pour aller voir au palais des expositions un salon animalier et sur les minéraux. Lohan s'en est fait offrir un.

10 décembre

Emma à été à Milan au retour de ses vacances de montagne pour une visite de contrôle de son cancer : résultat positif. D'après ce que j'ai compris, elle habite Rome. Entre Milan, Salento, Rome, je m'y perds un peu.

13 décembre

J'ai enfin récupéré ma voiture neuve, une Clio 4 génération, commandée depuis le 19 septembre (voir mon entrée du 20 septembre). J'ai tremblé depuis ce temps-là afin de ne pas abîmer l'Opel que le garage me rachète 4000 euros.

14 décembre

Emma est sur Canal 5, chaîne que je ne reçois pas, invitée vedette de l'émission « Amici » qui l'a lancée, on trouve des extraits sur Internet.

19 décembre

Alain Barrière est mort à 84 ans d'une crise cardiaque. Il y a quelques semaines, sur Facebook, il avait annoncé son retour (!) et prévoyait après des années d'absence et malgré son âge avancé de faire un nouvel album.

Emma a sorti la vidéo de la chanson « Stupida Allegria », où elle est ravissante, belle à croquer.

22 décembre

L'année 2019 aurait dû être celle du plus beau jour de ma vie, le 26 février, le concert d'Emma à Milan, mais il y a eu le 20 septembre, où elle a annoncé son cancer. Puis cette fin d'année avec diverses contrariétés (Un infirmier qui nous fait défaut ma mère et moi pendant les fêtes de fin d'année, par exemple) qui ont assombri mon humeur. J'ai eu des nuisances sonores de voisinage et diverses déconvenues avec la police en voulant me plaindre, une grave chute à vélo le 13 juillet. Espérons que 2020, où deux concerts d'Emma sont prévus, les 25 mai et 5 octobre, sera meilleure, mais ce que je souhaite le plus au monde est que la santé de la chanteuse ne donne plus d'inquiétudes.

24 décembre

Emma passe les fêtes avec ses parents Maria et Rosario, son frère Francesco dit « Checco » et sa chérie Clarissa. Nous recevons Claire ma fille, et les petits enfants, Lucas et Lohan. Nous avons passé une bonne soirée.

29 décembre

Emma, emmitouflée dans un gros manteau, a chanté à Riccione, avec Mahmood, soit un concert pour deux. Son concert était en plein air, et elle semble avoir eu froid.

30 décembre

Vœux d'Emma sur Instagram, qui ne regrette pas 2019 et dit ne pas savoir ce qui l'attend en 2020. Pas rassurant. Si elle savait comme je l'aime ! Et à quel point j'ai peur pour elle avec ce fichu cancer.

31 décembre

Emma, je t'aime.

© 2019, Sansano, Patrick
Edition : Books on Demand,
12/14 rond-Point des Champs-Elysées, 75008 Paris
Impression : BoD - Books on Demand, Norderstedt, Allemagne
ISBN : 9782322193035
Dépôt légal : janvier 2019